내가 유난히 좋아지는
어떤 날이 있다

내가 유난히 좋아지는 어떤 날이 있다

김리하 지음

siso

●

더 이상 내가 밉지 않다

내가 미운 날이 많았다. 그때의 나는 몹시 불안했고 힘들고 지쳐 있었다. 보잘것없이 초라하다는 생각이 들수록 내가 점점 미워져서 쳐다보기조차 싫었다.

'조금 더 열심히 살았어야지… 조금 더 노력해서 분명한 성과를 냈어야지….'

다그치기만 하던 시간들이 쌓이다 보니 그 견고해진 덩어리들이 오히려 나를 무겁게 짓눌러서 어떤 일도 할 수 없게 만들었다. 한동안 나는 누워서만 지냈다.

기를 쓰고 다시 일어나 보자고 다짐도 했다. 하지만 다짐은 다짐일 뿐 꿈꾸던 인생들은 나에게 쉽게 미리 보기를 허락해 주지 않았다. 어렴풋한 예측조차 할 수 없었다. 숱한 다짐이 실현되기는커녕 한꺼번에 끝나고 마는 순간들이 눈앞에서 휙휙 지나갔다. 크고 작은 인생의 고비들이 내 삶을 휘청거리게 만들었고 그때마다 나는 온갖 변명을 둘러댔다.

우울했고 무기력했고 슬펐다. 나는 아주 오랜 시간 심하게 마음 앓이를 했다. 글쓰기가 싫었고 나중에는 쓸 수조차 없게 되었다. 나는 나를 위해 준비했던 시간을 내 삶에서 가장 먼저 도려냈다. '나, 보살피기'를 그만둬 버렸다. 나를 둘러싼 상황과 대상을 원망하며 '나 자신'을 구석으로 쫓아 벌세웠던 어리석은 순간들이 많았다. 이루지 못한 일들에 대한 불만과 불안을 껴안은 채 자포자기의 심정으로 수많은 시간을 뭉텅뭉텅 소비했다. 나는 그런 식으로 미운 나를 괴롭혔다.

그즈음 친한 후배를 만난 적이 있었다. 저녁 식사를 하고 헤어지기 바로 전에 내가 잠시 자리를 비운 사이, 후배가 사춘기에 접어든 딸아이의 손에 용돈을 쥐어 주었다. 돌아와서 그 모습을 본 내가 "애한테 왜 이렇게 돈을 많이 주냐"고 손사래를 쳤나. 그때 후배가 "언니도 나한테 줬었잖아"라며 서둘러 사라졌다. 후배가 딸아이에게 용돈을 주기 위해 일부러 지어낸 이야기일 거라고 여기면서 넘겼다. 그 후 시간이 지나 낡은 책갈피에서 사진 한 장을 발견하게 되었다. 20년 전, 딸아이도 세상에 없던 젊은 날의 내가 그 속에 있었다. 사진을 보다가 그제야 불현듯 기억이 되살아났다. 해외여행 일정 도중에 유학 간 그 후배와 조우했던 순간이 말이다. 라면은 질려서 더 이상 먹을 수 없다며 힘들게 공부하고 있던 후배를 만난 날, 우리는 창피한 줄도 모르고 길거리에서 부둥켜안았다. 우리의 여행 코스에 그녀를 끌어들여 온전한 하루를 함께 즐겼던 그때, 헤어지면서 나는 그녀의 가방에 얼마 안 되는 용돈을 찔러 넣었다. 세월을 견뎌낸 그 용돈은 돌고 돌아 내 딸아이의 손에 다시 쥐어졌다. 좋은 사람, 따뜻한 사람으로 살고 싶은 마음이 충만했던 20년 전의 기억이 나를 다시 일어서게 만들었다. 스스로에 대한 끝없는 미움을 멈출 수 있게 해주었다.

이제 더 이상 멋진 결과물을 내놓지 못한다는 이유로 나를 미워하지 않으려고 한다. 될 수 있는 한 나와 불화하는 일을 만들고 싶지 않다. 나를 누구보다 많이 아끼고 좋아해 주고 싶다.

내 자신이 그럭저럭 괜찮은 사람이라는 걸

우연찮게 발견하는 날이면 나는,

내가 유난히 좋아지기도 한다.

이 책을 펼친 모든 이들이 다른 누구보다도 가장 먼저,

자신을 아끼고 사랑해 주었으면 좋겠다.

차례

1장 이제야 내가 좋아지기 시작했다

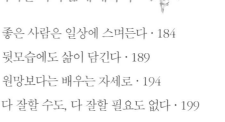

살다 보면 주변의 하찮은 대접을 감수해야 할 때도 있고
가슴 아픈 실패의 소식을 받아들여야 할 때도 있다.
그럴 때마다 내 기분만큼은 나를 책임져 줄 수 있도록,
나는 나를 따뜻하게 감싸 안을 것이다.

· 1장 ·

이제야 내가
좋아지기 시작했다

오이소박이를 보며
삶의 농도를 맞추다

　매일 일정한 시간, 집 근처 마트에서 문자를 보내온다. 문자
에 따라온 링크를 클릭하면 마트 전단이 뜨고, 가장 먼저 오늘
의 특가 상품들을 볼 수 있다. 대형마트의 세련됨이나 정교함
은 없어도 약간은 어수룩하고 친근한 맛이 좋아서 동네 마트를
자주 이용한다.

　어제 온 문자에서 내 눈에 띈 건 단연 오이였다. 오이 8개에
1,980원이라니, 개당 250원도 안 되는 가격이었다. 오이소박
이를 담글 요량으로 오이 한 봉지를 클릭해 장바구니에 집어넣
고 속 재료인 부추 반 단을 함께 샀다. 오이와 부추 모두 합해도

4,000원이 안 되는 가격에 재료를 구매해 오이소박이를 해 놓으면 2주일 정도 먹을 수 있으니 값싸고 실용적인 반찬으로 더할 나위 없겠다는 생각이 들었다.

사실 작년에 오이소박이를 한번 만들었는데 굉장히 맛있게 된 이후로 자신감이 생겼다. 그래서 여러 번 오이를 사서 시도해 보았지만, 처음 맛을 재현해 내기가 쉽지 않았다. 나는 같은 반찬인데도 만들 때마다 매번 다른 맛을 내는 특이한 재주를 지녔다. 맛이 한결같지가 않다. 어쩜 그리도 할 때마다 맛이 들쑥날쑥한지….

그 이유는 아마도 레시피대로 하지 않기 때문일 거다. 귀찮음이 도져서 대충 간을 맞춘 탓이다. 분명히 고쳐야 하는 나쁜 버릇이지만 요리에 있어서만큼은 그게 잘 안 된다. 오늘도 나는 무식하면서도 용감하게, 내 방식대로 오이소박이를 만들었다. 한때 맛있게 되었던 오이소박이가 이번에도 불현듯 나타나주길 기대하면서. 그런데 다 만들고 나서 먹어 보니 음… 웃음이 났다. 나는 내가 만든 반찬을 먹으면서 곧잘 웃는다. 맛있어서 만족하는 웃음이면 좋으련만 맛이 희한해서 나오는 웃음이다.

오이소박이가 맛있지 않은 이유는 '간' 때문이다. 나는 늘 소금으로 간하는 일을 두려워한다. 채소의 숨을 죽이는 일에는 뒤로 물러서기 일쑤다. 오이나 열무에 소금을 흩뿌려서 속까지 짭조름한 맛이 배도록 해야 하는데, 이상하게 소금 간을 할 때만큼은 소극적인 내가 된다. 간을 세게 해서 너무 짜게 될까 봐 소금을 조금만 넣다 보니 오이도 열무도 살아 움직일 듯 팔팔하다. 친정엄마가 김치 담그는 것을 그렇게 많이 봐왔건만 간 맞추는 걸 아직도 잘 못한다. 소금을 쥔 손이 늘 어눌하다. 더 뿌려야 하는 순간, 움켜쥔 손은 소금을 내어놓지 못한다.

왜 그럴까 생각해 본 끝에야 알았다. 나는 짠맛보다 싱거운 맛에서 안심하는 타입이라는 것을 말이다. 싱겁다는 건 뭔가 후일을 도모해도 된다는 의미 같다. 소금을 조금 더 넣어도 되고 액젓으로 간을 맞춰도 되니까. 잘못해도 보완해 줄 뭔가가 있다는 생각을 하면 안심이 되기도 한다. 반대로 짜다는 것은 내 손으로 해결할 수 있는 방법이 없다는 뜻 같다. 필요 이상의 소금이 들어간 음식에서 짠맛을 없애기 위해 어떤 방법을 써야 할까? 이미 재료 깊숙이까지 배어버린 짠맛을 덜어낼 묘수가 무얼까? 부족하면 추가해서 완성하면 되는데 넘치는 건 어떤 식으로 조절해야 할지 아직도 가늠이 안 된다.

한때 슬픈 감정이 넘쳐나 주체가 안 되던 때가 있었다. 넘쳐나면 부족할 때보다 일상을 유지하기가 훨씬 어려웠다. 감정도 행동도 기대도 가치 판단도 그 모든 것이 과잉 상태일 때 견디기가 더 힘들었다. 그래서 내게 과잉은, 부족보다는 항상 경계해야 할 단어가 되었다. 그런 마음이 간을 하는 순간에도 소금을 그러쥐고 내어놓지 못하게 만드나 보다.

그러나 시간이 흐름에 따라 과거의 슬픔은 지나갔고 나는 조금 더 자랐으며 슬픔의 농도는 옅어졌다. 그러니 이쯤에서는 힘 있게 소금을 팍팍 뿌리면서 과감하게 살 수도 있을 것이다. 중년의 내가 농도 조절을 못하겠다고 소녀처럼 뒤로 물러서서 '삶은 싱거워도 되는 거잖아요'라고 하는 것이 당연한 건 아니니까.

날마다 싱겁게 산다면 그것 또한 재미없는 인생 아니겠는가. 중간중간 조금 짜더라도 리드미컬하게 살아보는 것. 오늘도 나는 다시 용기를 내어 내 삶의 농도를 맞춰가는 중이다.

누군가의 마음을
알아준다는 것

10년 전쯤, 서울에 살 때의 일이다. 동네를 돌아다니다가 주택가 어느 골목에서 미용실 하나를 발견했다. 동네 아줌마들이 사랑방처럼 드나들 것 같은 미용실 앞에는 화분이 많았다. 화분마다 하나같이 꽃이 활짝 피어 있어서 나도 모르게 한참을 들여다보았다. 집에서 키우던 화초들이 시들시들하던 때라 더 눈여겨본 것 같다. '내가 키우는 건 잘 안 자라는데 동네 골목길에 막 내놓은 화분들은 왜 이렇게 잘 자라지?' 궁금증이 생겼다.

마침 머리카락도 자를 시기가 한참 지나서 미용실 문을 열고 고개를 살짝 들이밀었다. 미용실 안에는 사람들이 꽤 있었다.

물론 다 동네 사람들이었지만 '파리 날리는 것보단 나으니까' 하며 왠지 모를 믿음이 생겨 들어가 보기로 했다.

그때만 해도 나는 마음에 드는 미용실을 찾아 이리저리 옮겨 다니던 중이었다. 마트 안에 있는 미용실도 갔다가, 어느 여대 앞에 있는 미용실도 갔다가, 언니가 소개해 준 청담동의 한 미용실에도 갔었다. 마지막에 갔던 청담동의 미용실에서는 약간 웨이브를 주고 염색을 했을 뿐인데, 비싼 책 한 질 값이 나왔다. 딸아이 책 읽히기에 여념이 없던 때였는데 값을 치르고 미용실을 나오면서 적잖이 충격을 받았다. 물론 언니 덕에 내 돈이 들지는 않았지만, 미용실 이용 요금으로 그렇게 많은 비용을 지불한다는 것이 당시 내 정서와는 맞지 않았다.

그런데 만나는 사람마다 내 머리 스타일을 보며 잘 어울린다고 해서 '역시 청담동인가 보다. 비싸도 다 이유가 있었네, 딸아이의 비싼 책 한 질 값 비용을 12개월로 나눠서 낸다고 생각하면 이 정도는 괜찮지 뭐' 그렇게 위안을 삼았다. 그러다가도 한편으론 '사악한 값을 치르면서까지 거기서 머리를 꼭 해야 해?' 하는 생각도 들었다.

그 후 나는 거의 1년 가까이 어느 미용실도 가지 않고 청담동

머리발로 버텼다. 평상시 서너 달에 한 번씩 미용실을 찾았으니, 그 비용을 모두 합치면 청담동의 미용실 한 번 가는 것과 별 차이가 나지 않을 것 같았다. '1년에 딱 한 번만 머리하러 청담동에 가볼까' 하는 마음이 들었다. 1년간 머리를 계속 기르면서 앞 머리카락만 내가 직접 자르는 조건이라면 불가능할 일도 아니었다.

어쨌든 청담동 머리발이 사그라들던 그 무렵, 동네 골목길 미용실을 만나게 된 것이다. '밑져야 본전, 머리끝만 살짝 다듬고 나와야지' 하는 마음을 먹고 미용실로 들어갔다. 처음 가는 미용실, 게다가 골목의 낡고 허름한 미용실에 함부로 내 머리 스타일 전체를 맡길 수는 없다고 생각했다. 그보단 미용실 밖 화분 속 꽃들이 어떻게 저토록 잘 자라는지를 듣고 싶었다. 그러려면 커트 비용 정도는 치러야 한다고 생각했다.

커트비는 6,000원. 너무 저렴해서 주인아줌마의 실력이 더 의심스럽게 여겨졌다. 하지만 이미 몸은 미용실 안으로 들어가 있었기 때문에 도로 나올 수도 없었다. 그냥 자르기로 하고 "조금만 잘라 주세요"라고 말했다. 그러면서 화분이 어떻게 저렇게 잘 자라는지를 물었다.

"글쎄요. 별다른 신경 쓰는 게 없는데... 골목길 햇볕을 받아
서인가 봐요."

그때 의자에 앉아서 대기하고 있던 한 아줌마가 우리 둘의
대화에 끼어들었다. 동네 주민들도 시들시들한 화분은 미용실
에 가져다 놓는다고 했다. 죽어가는 식물도 살리는 미용실이었
던 거다. 미용실 주인아줌마는 사람의 심정을 헤아리는 마음으
로 화분을 돌보았을 것이다. 화분을 그냥 햇볕에 내놓았을 뿐
이라고 했지만, 손님들에게 정성껏 대하는 것처럼 화분에도 마
음을 나눠줬을 것이다. 그러니 말 못 하는 화분조차 그렇게 잘
자랄 수 있었던 것 아닐까?

화분이 저절로 무성해지는 미용실에서 또 하나 마음에 든 것
이 있었다. 그곳에 있던 사람들이었다. 미용실은 좁고 낡아서
세 사람이 앉으면 딱 맞을 기다란 벤치와 두 사람이 등 돌린 채
얼추 앉을 수 있는 스툴뿐이었다. 거기에 앉아 있던 사람들은
누가 시키지도 않았는데 빨래 건조대에 널린 수건들을 가져다
가 개키고 있었다.

머리끝만 다듬으러 갔다가 계속 잘라달라고 말하다 보니 거

의 단발 수준으로 짧아져 있었다. 애초의 내 머리 스타일로 돌아온 셈이었다. 청담동 며느리 스타일에서 하루아침에 골목길 아줌마 스타일로 바뀌었는데, 괜찮았다. 일단 가성비가 탁월해서 좋았고, 손님으로 와서 파마를 말고 대기하는 동안 미용실 수건을 접어주는 동네 사람들도 마음에 들었다. 미용실 주인아줌마의 일손을 도와주는 그 마음 씀이 좋았다.

그날 이후 나는 마트 미용실, 여대 미용실을 싹 끊었다. 청담동 미용실 이용은 강제 종료 당했다 여기고, 동네 골목길 미용실로 향했다. 거기서 커트도 하고, 머리에 웨이브를 넣기도 했다. 좁은 벤치에 동네 아줌마들과 같이 어깨를 붙이고 앉아 함께 수건도 개켰다. 또 미용실 밖에 있던 건조대가 바람에 비스듬히 쓰러지면 일으켜 세워서 안으로 끌고 들어오기도 했다. 주인아줌마 혼자 운영하는 미용실이었기 때문에 손님들이 알아서 일을 도왔다. '내 돈 주고 머리하러 왔는데, 내가 왜 미용사를 도와?' 하는 마음 같은 건 누구에게도 없었다. 모두가 자기 일처럼 주인아줌마를 도와주었다.

주인아줌마 역시 친하다는 이유로 손님들을 함부로 대하지 않고 늘 존댓말을 썼다. 부담스러운 대접 같은 건 전혀 없었지만 진심과 성의가 넘쳐났다. 말수가 적은 주인아줌마는 항상 손님들의 이야기에 귀를 기울였다. 그래서 많은 사람이 경청의 자세가 몸에 밴 아줌마를 찾아서 그 미용실에 왔던 것 같다.

10년의 세월이 흐른 지금까지, 미용실 커트비는 딱 1,000원이 올랐다. 남자, 여자 성인 커트비가 7,000원이고, 학생들은 여전히 6,000원이다. 저렴한 가격은 손님들 주머니 사정에까지 일일이 관심을 둔 주인아줌마의 배려라는 것을 안다. 누군가의 마음을 알아준다는 건 능력 중의 능력, 가장 귀하고 따뜻한 능력이다. 나는 이번 주 토요일도 그곳에 머리를 자르러 갈 예정이다. 도란도란 이야기 나누며 수건도 한 장 한 장, 예쁘게 개켜 놓고 와야겠다.

쓸모없는 '척'의
세계

　20여 년 전쯤 미국으로 간 친구가 있다. 대학원 공부를 마치
면 돌아올 줄 알았는데, 취직도 결혼도 그곳에서 하다 보니 어
쩌다 한 번씩 우리나라에 와야 만날 수 있는 친구다. 만나면 이
런저런 얘기를 하다가 결국엔 서로의 가족 이야기로 끝을 맺는
다. 부모님만 한국에 남아 계셔서인지 친구는 늘 걱정이 이만저
만이 아니었다. 한 명뿐인 오빠도 미국으로 유학을 떠났다가 그
곳에서 직장을 구해 살게 되면서 삶의 본거지가 미국이 되었기
때문이다.
　친구의 부모님은 자식 둘을 만나러 몇 번씩 미국에 갔다 오

시기는 했지만, 한국을 떠나 살고 싶은 생각은 없으셨다. 그래서 친구는 부모님께 아이패드를 사 드리며 스카이프를 시도하기도 했고, 부모님을 만나면 휴대폰과 PC 사용법을 알려드리기도 했다. 앱으로 은행 업무를 보는 법이나 인터넷 쇼핑을 하는 방법 등 알아두면 편한 사용법들을 하나씩 가르쳐 드렸다.

친구가 방법을 종이에 쓴 다음 부모님께 시범까지 보여 드려도 돌아서면 깜빡깜빡 잊어버리시기 일쑤였다. 여든을 넘긴 분들이 단시간에 휴대폰이며 전자기기 작동법을 터득하기란 쉽지 않았을 것이다. 친구는 부모님을 볼 때마다 답답해진다고 말했다. 그럼 나는 딸아이가 초등학생일 때 수학을 가르치다가 "도대체 그걸 왜 모르지?" 싶던 감정에 대해 말해주곤 했다. 아무리 설명해도 잘 받아들이지 못하던 부모님과 딸아이를 우리도 이해할 수 없었다. 과연 친구와 내가 부모님과 딸아이를 상대로 했던 말과 행동들은 잘난 척에서 비롯된 것일까? 다른 사람에게는 화를 내지 않으려고 노력을 기울이면서도 오히려 가족에게는 그렇게 하지 못할 때가 종종 있다. 그러나 내가 알고 있는 것을 남도 알고 있을 확률이 높지 않다는 사실을 기억한다면 상대방의 모른다는 반응에 훨씬 너그러워질 수 있지 않을까?

1990년, 미국의 심리학자인 엘리자베스 뉴턴은 사람들을 A 그룹과 B그룹으로 나누었다. 그 후 A그룹에는 당시 유행하는 노래를 들려주고 리듬을 떠올릴 수 있도록 손가락으로 탁자를 두드리게 했다. 그 소리만으로 B그룹의 사람들이 노래의 제목을 맞출 수 있는가를 알아보는 실험이었다. 그때 A그룹 사람들은 탁자를 두드리는 소리만으로 B그룹의 사람들이 노래 제목을 맞출 것이라고 예상했다. 유명한 노래이기 때문에 최소 50퍼센트의 사람들은 맞출 거라고 확신했다. 그러나 결과는 정반대였다. 단지 2.5퍼센트의 사람들만이 노래 제목을 알아맞혔다.

이처럼 내가 아는 것을 상대방도 당연히 알 것이라고 착각하는 현상, 인식의 왜곡을 가리키는 말이 바로 '지식의 저주'이다. 내가 무언가를 알게 되면 그것을 모르는 사람의 상태를 상상하기 어렵다. 이미 알고 있는 나는 남의 심정까지 알아서 살필 수가 없다. 우리는 마음까지도 바쁜 시대를 살아가고 있으니 안타깝게도 살필 여력이 없는 것이다.

친구와 내가 부모님과 딸아이에게 했던 행동들은 지식의 저주에서 비롯된 상대방에 대한 이해 부족 현상이었던 것 같다. 친구와 내가 지식의 저주에 빠져 가족에게 답답함을 품게 된 데에는 여러 이유가 있을 것이다. 친구는 80대 부모님이 일상에서 누군가에게 속지 않을 만큼의 정보라도 익히기를 바라는 마음이 컸다. 왜냐하면 오빠와 자신이 외국에 나가 있는 사이에 부모님이 사기를 당하기도 하셨고, 사업이 어려워지면서 마음고생도 하셨기 때문이다.

나 역시 새 학년, 새 담임선생님에 의해서 급격히 달라지는 딸아이에 대한 평가로 마음이 상한 적이 있었다. 딸아이를 바라보는 선생님의 시선에 따라 어떤 해에는 창의적인 아이로, 어떤 해에는 주관만 강한 고집불통 아이로 평가받았다. 있는 그대로 아이를 이해해 줄 선생님을 만나기만을 기다려야 했던 나는, 아이가 성적으로 곤란을 겪는 일을 피하고 싶어 공부를 봐주곤 했었다. 타인이 가하는 지식의 저주에서 아이를 벗어나게 해주려는 자구책이었지만, 결국엔 내가 아이에게 지식의 저주를 쏟아낸 셈이 되었다.

긴긴 시간 후회와 상처를 통해 깨달음을 얻은 우리는 가족에게 잘난 체하는 못난 짓을 멈추기로 했다. 소중한 가족을 타인의 부당한 대우로부터 보호하겠다며 훈계와 잔소리를 일삼는 바보 같은 짓은 그만두자고 다짐했다. 지금 이 순간 웃고 행복해야 할 가족에게 다가오지도 않은 미래의 불안을 투영하여 지식의 저주를 퍼붓는 짓은 하지 말자고 말이다.

가족 앞에서는 교사나 강사가 되지 않아야겠다. 가족 누군가가 밖에서 마음이 다친 채 돌아왔다면 그 상처를 어루만져주는 일에 최선을 다하는 '가족'으로만 남아야겠다. 각자의 인생에 주어진 일정량의 무게를 나누어 짊어지겠다고 애쓰는 과정에서 오히려 그들에게 상처를 준다면 그것만큼 불행한 일도 없을 테니까.

나이 드는 건
슬프지 않다

몇 년 전부터 두피가 간질거렸다. 가끔 그랬는데 요즘 들어 특히 심하다. 아니나 다를까. 거울을 보다가 정수리에 삐죽이 솟아오른 흰머리를 보게 되었다. 처음엔 한두 가닥이다가 그 양이 점점 늘어나는 중이다. 시간의 흐름에 따른 노화는 당연하다고 생각하면서도 흰머리를 보거나 눈이 침침해지는 순간과 마주하면 낯설다.

내 안의 감정과 생각은 모두 예전과 다르지 않은데⋯ 하물며 사춘기 시절 까불대던 장난기도 여전히 남아 있는데⋯ 어쩌자고 외양만 고스란히 세월의 흐름을 감당해야 하는 건지 조금은 억울할 때도 있다. 겉이 늙는 만큼 감정도 발맞춰 퇴색된다면 사는 게 더 쉬워질까? 아니, 더 어려워질까?

엄마와 돌아가신 아버지는 연세보다 젊어 보이셨다. 동네에서 알아주는 동안이었다. 게다가 두 분 다 흰머리가 늦게 난 편이었다. 엄마는 예순이 넘어서도 흰 머리카락 개수가 얼마 되지 않아 족집게로 뽑아내셨다. 유전자의 영향인지 큰언니와 작은언니도 50대 중반인데 흰머리가 없다. 정작 막내인 나는 흰머리가 늘어나고 있는데 말이다. 그러니 두 언니는 막내가 머리 밑이 간지럽다고 해도 그게 어떤 기분인지 모른다. 내가 정수리에 난 흰머리를 뽑아낼 때 하도 눈을 치켜떠서 이마에 잔주름이 얼마나 많이 생겼는지도 알지 못한다.

엄마와 큰언니가 우리 집에 놀러 오는 날이면 두 사람은 소파에 앉은 후 나를 바닥에 앉힌다. 그래야 높은 곳에서 내 정수리를 잘 내려다볼 수 있으니 말이다. 그러고 나면 둘은 서로 내 흰머리를 뽑겠다며 성화다. 엄마는 돋보기안경까지 끼고 앉아 장단식을 늘어놓으신다.

"막내가 흰머리가 있으면 우짜노?"

"헉. 엄마. 막내라도 나이가 오십이에요."

"세상에… 우리 막내가 언제 그렇게 나이를 먹었나?"

본인 나이 드는 건 안중에 없고, 막내딸 흰머리 생기는 것만 안타까우신 모양이다. 엄마는 내 흰머리를 뽑다가 눈이 시큰거리면 큰언니에게 족집게를 넘기신다. 그러면서 꼭 "까만 거 뽑지 말고 흰 거만 뽑아라"라는 당연한 말씀을 하시는데 그때마다 큰언니는 "나를 바보로 아는 거냐"며 투덜거린다.

큰언니는 내 흰머리를 뽑는 게 재미있는지 지치지도 않고 완벽히(?) 제거해 준다. 아직은 흰머리를 뽑는 수준이지만 언젠가 염색이 필요할지도 모르겠다고 했더니 엄마는 그냥 자연의 순리대로 살아가라고 하신다. 그렇게 말씀하시면서도 기어코 내 흰머리를 다 뽑아내시는 건 자연스러운 것일까? 알다가도 모를 엄마의 마음이다.

엄마의 머리가 전체적으로 하얗게 변해가기 시작한 지 이제 10여 년쯤 되었는데, 한 번도 염색하지 않은 채 흰머리를 고수하신다. 엄마를 보면 나도 그러고 싶은 마음이 든다. 너무 급격히 머리가 새하얗게 변해버리는 게 아니라면 근 20년 동안 염색 한번 안 하고 살아온 것처럼 앞으로도 그렇게 살고 싶다.

엄마도 흰머리가 나기 시작할 당시에는 머리 밑이 참 많이 간지러우셨을 거다. 내가 겪어 보니 간지러움의 정도를 알겠다. 늙는다는 건, 연로하신 엄마를 이해할 거리들이 조금씩 늘어난다는 것과 같다. 엄마의 딸에서 엄마의 친구가 되어 가는 과정인지도 모르겠다. 이해의 폭이 조금씩 넓어지니 나이 드는 건 슬프지 않다. 다만 간지러울 뿐이다.

내 삶의 컨트롤 키는
나에게

　어제 아침, 일이 터져 버렸다. 주방에 있던 남편이 갑자기 큰 소리로 화를 냈다. 평소 남편은 불만이나 불평을 잘 표현하지 않는 사람인지라 '뭔가 큰일이 났구나' 싶어서 블로그에 글을 쓰다 말고 주방으로 뛰쳐나갔다.

　남편은 베이글 두 봉지를 손에 든 채 살펴보는 중이었다. 며칠 전 퇴근 후 마트에 장을 보러 간 남편이 딸아이와 내가 좋아하는 양파와 블루베리 베이글 두 봉지를 사 왔었다. 한 봉지당 여섯 개의 베이글이 들어 있는데 보통은 두 개씩 나눠 냉동실에 일려 놓곤 했다. 한꺼번에 다 먹을 수 없어서 생각해 낸 방법이었다. 그런데 블로그에 글 쓰고 책 읽느라 베이글을 냉동해야 한다는 사실을 새까맣게 잊고 있었다.

열두 개 중에 고작 두 개만 먹었을 뿐인데 나머지 베이글엔 곰팡이가 야무지게 피어서 버려야 할 지경이었다. 특히나 딸아이가 좋아하는 양파 베이글이 더 썩어 있어서 남편의 볼멘소리가 흘러나왔다. 내 시간을 아껴주기 위해 자신의 시간을 들여 장을 봐 온 남편이었다. 나의 행동이 그의 정성을 함부로 취급한 것 같아서 미안한 마음이 들었다.

『적과 흑』을 쓴 프랑스의 유명한 소설가 스탕달은 '스탕달 신드롬'으로도 잘 알려진 인물이다. 이 신드롬은 '뛰어난 예술품을 본 순간 갑자기 느끼는 정신적 충격, 충동이나 분열 증상' 등을 말한다. 예술 작품에 심취해 너무 감동을 받으면 가슴 두근거림이나 정신적 일체감, 흥분과 감흥, 우울증과 현기증 등을 불러일으킬 수 있다는 의미이다. 내겐 블로그를 할 때가 그렇다. 종종 스탕달 신드롬을 느끼곤 하는데, 일명 '블로그 과몰입 증후군'이다.

새벽에 일어나서 블로그에 글을 쓰는 순간 나는 거기에 심하게 몰입하고 만다. 몰입이 지나쳐 남편의 아침 식사를 챙기는 것도 깜빡할 때가 있고, 다림질할 셔츠도 며칠째 건조대에 그대로 매단 채 내버려 두기도 한다. 블로그 글을 쓰고, 댓글을 달고, 단톡방에 글을 올리는 데 정신을 빼놓은 까닭이다. 오히려 '밥은 남편이 혼자 알아서 챙겨 먹고 가면 좋을 텐데, 셔츠도 본인이 직접 다리면 좀 좋아?' 하며 자꾸 바라는 게 늘어만 간다. 나도 내가 이렇게 변할 줄은 미처 몰랐다.

나는 굉장히 나약한 사람이다. 내 의도와 다른 상황이 펼쳐질 때나 누군가의 날카로운 말 한마디에도 마음의 중심을 못 잡고 그대로 나가떨어진 적이 많았다. 감정이 요동을 치니 규칙적인 생활이 어려웠고, 동화원고도 쓸 수가 없었다. 그런 시간이 쌓이면서 '더 이상 글을 쓰지 못하는 건 아닐까' 하는 불안한 마음도 들었다. 그때부터 블로그에 글을 올리기 시작했다. 매일 하는 일이 나의 눈에 확실하게 드러나 보일 필요가 있다고 판단했기 때문이다. 혼자 블로그를 하다 보면 쉽게 지쳐서 지속하기 어렵다. 그래서 아는 사람들과 함께 단톡방에 새벽 기상 시간 인증도 하고, 블로그에 쓴 글을 공유하기도 한다. 누가 시키지 않아도 블로그에 내 책 소개는 물론이고, 새 책을 준비하고 있나는 소식도 전하며 행동을 적극적으로 바꿔나가는 중이다. 정말 예전의 나로서는 상상도 못할 일들을 하고 있다.

　나는 누군가의 눈에 띄는 것을 극도로 싫어하고, 사진을 찍거나 찍히기도 싫어하며, 어디 참석했을 때도 구석에 앉아 있다가 조용히 나오는 타입이다. 친한 사람과 있을 경우에만 말도 많고 살갑게 행동하던 내가 블로그에 쓴 글을 퍼서 여기저기 나르다니. 내 모습이지만 참 낯설다. 그래서인지 문득문득 예전의 소극적인 나와 마주친다. '나 지금 뭐 하는 걸까? 정말 내가 맞는 걸까?' 난감해지기도 한다. 예전의 나와 지금의 내 모습 사이에서 이리저리 헤맨다.

　그럴 때면 내게 질문을 던져 본다. 여태까지 그래왔던 것처럼 조용히 살지 않고 왜 자꾸 새로운 무언가를 하려고 하는지…. 아직 확실한 답은 찾지 못했다. 사실 내가 뭘 원하는지 정확히는 모르겠다. 다만, 더 즐겁고 활기차게 살았으면 좋겠다는 바람이 있을 뿐이다.

　곰팡이 핀 베이글을 버리며 새롭게 마음을 다잡아 보자고 생각했다. 그래서 블로그의 지난 글들을 살펴보았다. 통계를 확인해 보니 1일 블로그 방문자 수가 1,000여 명일 때도 있었고, 글에 따라 700~800여 명이 되던 날도 있었다. 조회 수가 꾸준히 늘어나면 신기하기도 하고 기분도 좋아서 다음 날 글을 쓸 땐 더 잘 쓰고 싶어진다. 그러나 매번 높은 조회 수를 유지할 수는 없다. 신경 쓴다고 조회 수가 늘어나는 것이 아님에도 불구하고 자꾸만 블로그에 있는 방문자 그래프를 보게 된다. 그 그래프가 오늘의 나를 평가하는 것처럼 느껴져 버린다.

하루 방문자 수를 400~500명쯤으로 해서 들쑥날쑥한 그래프를 완만하게 만들고 싶다는 욕심이 생겼다. 욕심이 생기면 내 삶의 주인이 내가 될 수 없다. 내 삶의 컨트롤 키를 남에게 쥐여주는 것과 같다. 욕심이 생긴다는 건 남보다 잘하고 싶다는 것이고, 남과 자꾸 비교하게 된다는 뜻이니까. 그건 처음 블로그를 하게 된 목적에도 어긋나는 일이다.

나는 어제보다 조금 더 나아진 '내 모습'을 확인하고 싶은 마음에 블로그를 시작했다. 내가 꾸준히 할 수 있는 일을 내게 만들어 주고 싶었다. 남들과 비교해서 더 잘나 보이려 한 것도 아니고, 남들과 비교하며 일부러 열등감에 빠지려고 한 것도 아니다. 오로지 '나 자신'에 초점을 맞추었을 뿐인데, 어느새 그 사실을 잊고 있었다.

베이글에 핀 곰팡이 사건은 내겐 죽비와도 같았다. 절에서

스님들이 시작과 끝을 알리는 데 쓰는 도구인 죽비는 두 개의 대쪽을 합쳐 놓아 내리칠 때마다 커다란 소리가 난다. 욕심이 생기려는 순간, 멈출 수 있도록 신호를 보내주는 주변의 크고 작은 상황들을 놓치지 말아야겠다. 재미나게 책 읽으며 사색하고, 세상 구경하며 소통하는 삶. 그런 순간순간들을 자연스럽게 기록해 나가는 것. 그것이 내가 블로그를 하는 이유이다.

블로그 하면서 살림도 잘해서 더 이상의 곰팡이는 만들어 내지 말아야겠다고 다짐했다. 그래야 더 길게 더 오랫동안 글쓰기를 잘할 수 있을 테니까. 좌충우돌 일상이 준 삶의 깨달음을 잘 기억해 두어야겠다.

사랑으로
사랑을 배운다

　작은언니 내외가 엄마를 모시고 우리 집에 잠시 들르겠다고
했다. 지인 결혼식이 마침 우리 집 근처여서 지나가는 길이라
는 것이 방문 이유였다. 그 연락을 받았을 때 나는 집 밖이었다.
토요일 아침 7시부터 독서 모임에 참석하며 멤버들과 한창 토
론 중이었기 때문이다.

　나중에 독서 모임을 마치고 돌아왔을 때 집에 들렀던 언니
내외와 엄마 그리고 남편까지 모두 결혼식장으로 떠나고 없었
다. 물을 한잔 마시러 주방에 갔다가 냉장고 문이 살짝 열려 있
는 걸 발견했다. 남편이 문을 잘 안 닫았나 싶어 살펴보니, 냉

장고 안에는 못 보던 김치통과 반찬 통 여러 개가 있었다. 엄마랑 언니가 반찬 하기 힘들어하는 나를 위해 가져다 놓은 것이었다. 주방 한쪽 구석에는 새 수건 보따리도 있었고, 쉽게 먹을 수 있는 일회용 국물 팩도 잔뜩 놓여 있었다. 결혼식장 가는 길에 잠시 들른 거라더니, 아니었다. 우리 집에 반찬을 가져다주기 위해 출발을 서둘렀던 게 분명했다.

옷을 갈아입으려고 방에 들어갔다가 또 다른 광경을 발견했다. 침대 위 마른빨래가 전부 개켜져 있었다. 요즘은 소파 대신 침대에 마른빨래를 쌓아두고 생각날 때마다 한두 개씩 접어놓거나 그것도 귀찮으면 그냥 둔다. 쌓인 옷들 속에서 몇 개씩 골라 입기도 한다. 물론 처음부터 이랬던 건 아니었다. 시간이 점점 부족해지면서 '어차피 매일 갈아입는 옷인데 옷장에 넣을 필요 뭐 있어?' 하며 내버려 둔 것이다. 빨래를 개키지 않고 쌓아뒀다 입으면 중간 과정이 생략되니 시간 절약도 되지 않을까 생각했다.

하지만 그건 나를 위한 변명일 뿐. 엄마와 작은언니가 차곡차곡 개어놓은 침대 위의 빨래를 보니, '미리미리 좀 해 놓을걸' 하는 생각이 들었다. 팔순 넘은 노모와 쉰이 훌쩍 넘은 언니가 같이 늙어가는 딸이자 동생의 빨래를 개키는 모습은, 상상해 볼수록 부끄러운 일이었다.

냉장고를 가득 채운 반찬은 엄마가 아닌 작은언니가 해서 가져온 것이었다. 작은언니는 자기 일도 많고 시댁 일도 신경 써야 하는 데다가 고등학생인 아들의 학원 픽업도 해주고 있다. 피곤했을 텐데 그 와중에 동생 준다고 이 많은 반찬을 해서 챙겨온 마음이 고스란히 느껴졌다.

작은언니를 생각하면 내가 쓴 동화『착한 동생 삽니다』가 생각난다. 9살 언니가 여동생을 미워해 마음이 꽁꽁 얼다가 손과 발까지 꽁꽁 얼게 되었다는 내용이다. 그 동화를 쓸 때 작은언니가 많이 떠올랐다. 신이 모든 아이를 다 보살펴 줄 수 없어서 엄마를 세상에 보낸 거라면, 엄마가 바빠서 막내딸까지 보살필 수 없을 때를 대신해서 작은언니가 있는 거라고 생각했다.

내게 작은언니는 세상에 태어나 처음으로 만난 친구였다. 작은언니는 평생 내게 모든 걸 양보해 주었다. 같이 늙어가는 지금도 언제나 나의 안부를 묻고 위로해 주며 내 편이 되어주는 고마운 사람이다.

어느새 결혼식장에 다녀온 가족들이 집 근처 카페에 있다고 연락이 와서 한달음에 달려갔다. 카페에 도착해 작은언니 옆자리에 앉았다. 이리저리 둘러보다 카페 벽에 있는 그림이 예뻐 보여서 사진을 한장 찍었다. 그러자 언니가 "어머, 얘. 저기 뭐가 있다고 사진을 찍어?" 하며 물었다. "블로그에 올리려고 그러지." 말했지만 언니는 잘 알지 못한다. 블로그에 뜬금없이 카페의 벽 사진을 왜 올리는지 말이다.

내가 블로그에서 뭘 하는지 잘 모르는 작은언니지만 나를 아끼는 마음만큼은 세상 둘째가라면 서럽다는 것을 안다. 내가 무슨 일을 하든 나를 지지하고 응원해 준다는 것도 안다. 갑자기 언니가 나에게 "근데, 반찬 맛은 없을 거야"라고 말했다. 언니의 요리 솜씨가 아주 훌륭한 편은 아니라는 것쯤은 나도 알고 있으니 상관없었다.

엄마와 언니 내외를 배웅하고 집에 돌아오자마자 반찬 통 뚜껑을 열어 언니가 만든 고구마 줄기 무침을 집어 먹어 보았다. 웃음이 나왔다. '어쩜 우리 집 딸들은 솜씨 좋은 엄마를 안 닮고 누구를 닮았을까?' 정말 모를 일이다.

어쨌든 고구마 줄기 무침 위에 맛소금을 뿌려가며 다시 버무렸다. 그러면서 나도 언니에게 무언가 보탬이 되는 일을 하고 싶다는 생각을 했다. 언니가 가져다준 싱겁지만 양은 풍성한 반찬으로 당분간은 든든하고 편하게 밥상을 차릴 수 있을 것 같다.

소중한 건
사라지지 않는다

　요즘 마트에 가면 어김없이 귤을 사 온다. 할인 판매를 할 때는 5킬로그램 한 박스에 12,000원 정도다. 나는 과일을 잘 먹지 않지만, 딸아이는 봄에는 딸기, 가을 겨울에는 귤, 이 두 종류를 즐겨 먹는다. 딸기와 비교해 귤은 저렴한 편이라 사기도 만만하고 보관도 편해서 자주 구매한다. 내가 어렸을 적에는 귤이 지금처럼 흔하지 않았다. 그런데도 아버지는 귤 좋아하는 큰딸을 위해 박스째 사 오시곤 했다.

　덕분에 큰언니는 앉은 자리에서 귤을 열 개도 넘게 먹었는데 시간이 흐르면서 점점 큰언니의 몸에 어떤 변화가 생겼다. 손

바닥과 발바닥이 노랗게 변해 버린 것이었다. 엄마가 그만 먹으라고 혼내기도 했지만, 큰언니는 마지막 한 개까지 남김없이 먹었다. 귤에 함유된 카로틴 성분은 주로 피하지방에 축적되어 손바닥과 발바닥을 노랗게 만든다고 한다. 귤 먹기를 멈추면 얼마 지나지 않아 원래의 피부색으로 돌아오곤 했으니, 크게 걱정할 문제는 아니었다.

몇 해 전 귤에 관한 이야기를 전해 듣게 되었는데, 옛날로 거슬러 올라갈수록 귤이 사람보다 귀한 대접을 받았다는 사실을 알 수 있었다. 조선시대 때는 제주에서만 나던 귤을 따로 관리하는 사람이 있을 정도였다고 한다. 당시 관리자는 귤나무를 하나하나 세어서 왕에게 보고해야만 했다. 할 일 많던 왕이 귤나무 숫자까지 보고받을 정도였다고 하니 얼마나 귀한 과일이었을지 짐작이 된다.

제주에서 왕에게로 진상되는 귤은 곧바로 종묘의 선왕들께 올려졌는데 이때 귤이 상해 있으면 관리한 사람이 처벌을 받아야 했다. 또 진상품 개수가 모자라면 관리자들은 일반 백성들이 키우던 귤나무의 귤까지 다 거둬들여 가버렸다. 귤이 백성보다 귀한 대접을 받았던 까닭에 어쩌다가 임금이 귤을 하사하면 신하들은 이렇게 말했다고 한다. "전하, 제가 뭐라고 이 귀한 귤을 주시나이까." 그러고 나서 임금이 하사한 귤을 조상에게 먼저 바친 후, 온 가족이 조금씩 나눠 먹으며 절을 하고 눈물을 흘렸다고 한다.

그 당시 사람들이 환생하여 오늘날 일반 가정에서 박스 째 귤을 놓고 어른, 아이 할 것 없이 막 가져다가 까먹는 모습을 본다면 어떤 일이 일어날까? 기겁은 물론이고 모두를 끌고 가서 혼찌검을 낼지도 모를 일이다. 큰언니가 고3이던 시절, 조선시대 사람들만큼은 아니지만 우리 아버지도 귤을 아주 소중히 다루곤 하셨다. 아버지는 독서실에서 수험 공부를 하고 밤늦게 집에 오는 큰언니를 위해 귤 까기 작업을 하셨는데 귤껍질을 다 까서 하나하나 낱알로 떼어놓고, 알마다 붙어 있는 하얀 실 같은 것도 모두 제거하셨다. 그러고 나서 빛깔 고운 주황색 귤들을 옹기종기 접시 위에 담아 놓으셨다.

그런데 어느 때부터인가 아버지는 그것만으로는 성이 차지 않으셨는지, 아예 칼로 속껍질까지 일일이 다 떼어놓으셨다. 마치 통조림 안에 들어 있던 귤처럼 속껍질이 전혀 남지 않은, 그야말로 완전히 벌거벗은 귤을 만들어 접시 한가득 쌓아 놓으셨다. 빈틈없이 정성껏 쌓아 올린 귤들은 하나의 작품처럼 보였다. 새벽까지 힘들게 공부하는 딸의 입속에 꺼끌꺼끌한 껍질 하나 없는 귤을 넣어 주고 싶으셨던 아버지의 마음을 짐작할 수 있다. 그 껍질에 영양분이 많다는 걸 아서도 껍질 없는 귤을 더 좋아하는 딸을 생각하며 날마다 정성껏 귤 탑을 쌓아 올리신 아버지의 마음이 손에 잡힐 듯 느껴진다. 그래서 나는 귤을 볼 때면 돌아가신 아버지의 모습이 떠오른다. 귤 하나를 깔 때마다 자식 생각을 얼마나 많이 하셨을지, 그 마음이 헤아려지기 때문이다.

먼 옛날 임금님께만 바쳐졌던 귤, 딸을 생각하며 속껍질까지 남김없이 다듬으시던 아버지의 귤. 이제는 흔하디흔한 과일이 되었지만, 귤에 담긴 소중하고 귀한 마음은 그대로일지도 모른다. 그 마음들이 귤을, 지금의 나를 좋아하게 만든다. 나는 오늘도 딸아이가 잘 먹는 귤을 제때 깨끗이 씻어서 쟁반에 준비해 놓는다. 내 아버지처럼 속껍질까지 벗겨 주지는 못해도 딸아이와 함께 귤을 나눠 먹는 이 시간은 그때처럼 더할 나위 없이 행복하다.

실패해도
기분까지 깨지지 않도록

　새벽에 일어나면 가끔 아메리카노 한 잔을 마신다. 항상 애
용하는 검은색 머그컵을 구석으로 밀어 두고 손잡이와 뚜껑이
있는 유리병, 메이슨자를 꺼낸다. 더운 날씨에도 커피만큼은
뜨겁게 마시기 때문에 그릇이라도 투명하면 조금은 가볍게 느
껴지지 않을까 하는 마음에서였다. 이틀 정도 뜨거운 커피를
넣어 마시며 잘 사용했다.

　그런데 사용한 지 사흘째 되던 날, 유리병에 뜨거운 물을 붓
는 순간 밑바닥에서 쩍 소리가 나며 금이 갔다. 몸체에서 동그
란 바닥이 뚝 떨어져 나갔다. 그 둘이 처음부터 한 몸이었다는

게 잘 믿기지 않을 정도로 정확하게 분리되어 버렸다.

유리로 된 그릇이 깨진다는 건 당연히 안에 든 내용물도 못 먹게 되었다는 의미일 뿐만 아니라 파편까지도 조심해서 처리해야 함을 뜻한다. 바닥에 떨어졌을지 모를 유리 파편이 눈에 잘 띄지도 않아서 진공청소기를 동원해야 했다. 그러나 쏟아진 커피를 처리하려면 진공청소기를 사용하기 전에 마른걸레질이 우선이다. 혹시 손이라도 다칠까 봐 고무장갑을 끼는 것도 잊지 말아야 한다.

일찍 일어난 김에 거실에 앉아 창밖 바다를 바라보며 뜨거운 커피 한 잔의 여유를 즐기려고 했을 뿐이었다. 6분 남짓한 차이콥스키의 '꽃의 왈츠'를 들으며 하루를 시작하려던 나의 일상에 금이 간 것이다. '새벽부터 재수 없게 이게 뭐지?'라는 원망이 들 즈음, 갑자기 30년 전의 어느 날이 떠올랐다.

고3 수험 생활이 끝났을 때였다. 나를 제외한 친한 친구 대부분은 원하는 대학에 진학을 했다. 자존심이 상했지만 1년을 더 공부해서라도 반드시 나의 수험 생활이 성공적이었다는 얘기를 듣고 싶었다. 그렇게 선택한 재수생의 삶은 쉽지 않았다. 했던 공부를 자꾸만 또 하는 것도 짜증났고 그렇게 계속했는데도 여전히 모르는 게 있다는 사실에도 화가 났다. 성적이 제자리걸음인 것도 스무 살의 나를 주눅들게 했다.

우울하게 재수 생활을 하던 어느 날, 집 근처 지하철역을 지나가다가 우연히 친구를 만났다. 절친했던 그녀가 먼저 나를 알아봤다. 대학에 갓 들어간 그녀는 정말 꽃보다 예뻤다. 내가 아는 한 모든 것을 완벽하게 갖춘 친구였다. 무엇 하나 빠질 것 없었던 그녀는 대학까지 부모님과 자신이 원하는 곳으로 갔다. 친구는 '선택받은 삶이란 이런 것이다'를 온몸으로 보여주던 산 증인이었다. 그녀 외에도 여러 친구를 우연히 길거리에서 만났다. 내가 재수학원에 가야 했던 그때, 그녀들은 서울 시내 유명 대학가를 활보했다. 새로운 학교생활을 완벽하고 재미나게 해내며 빛나는 청춘의 한때를 즐기고 있었다.

멋지게 대학 생활을 하는 친구들을 만난 날은 내 존재가 얼마나 하찮게 여겨졌는지 모른다. 그런 날 밤은 어김없이 내 방 커튼을 다 닫고 침대 위에 엎드려서 한참을 울며 괴로워했다. '나의 못났음'을 타인과의 비교를 통해 여실히 느끼고 있었다.

그렇게 한참을 자기 학대의 늪에서 빠져나오지 못할 무렵, 클래식 한 곡을 듣게 되었다. 그때 그 곡이 차이콥스키의 '꽃의 왈츠'였다는 건 한참이 지난 후에야 알았다. 그저 우연히 들은 클래식으로 인해 '내 삶도 꽃피는 어느 순간을 살며시 품고 있을지 모른다'라는 희망을 어렴풋하게나마 가질 수 있었다. 시작부터 중간까지 경쾌하고 밝게 이어지는 '꽃의 왈츠'는 마지막 부분에서 더욱 강렬하고 엄숙하게 휘몰아친다. 어리숙한 나에게 힘든 생활 중에서도 희망과 긍정의 순간을 보라고 선언하는 것 같았다.

'인생 스무 살에 끝나지 않아. 지금 별로라도 나중에 괜찮아질 수 있어. 네가 감당할 능력이 있기에 이런 시련도 온 거야.'

'꽃의 왈츠'가 나에게 들려준 이야기였다.

깨진 유리병을 보며 30년 세월을 넘나들었다. 주기적으로 기분이 오르락내리락할 때가 있다. 부정적 시그널이 한참 동안 나를 에워쌀 때 유리병이 깨져버렸다면 구시렁대면서 내 탓, 남 탓하느라 정신이 없었을 거다. '하필 이 유리병을 왜 꺼냈을까? 잘 안 먹던 커피는 왜 마셔서 사고를 쳤을까? 어쩜 이렇게 부실하게 만들었을까? 이런 유리병을 나한테 준 사람은 대체 누구였을까?' 이렇게 투덜거릴 이유를 찾아 헤맸을지도 모른다.

예상 밖의 좌절과 실패, 파괴나 균열의 현장을 맞닥뜨릴 때면 어김없이 우리의 기분도 쪼개지기 시작한다. 그러나 나는 이제 잦은 실패나 사소한 균열을 보고 내 기분과 내 삶에 흠집 내는 일을 멈추고 싶어졌다. 그건 그저 많고 많은 도전 중 하나가 실패로 돌아갔을 뿐이고, 수많은 그릇 중 단 하나가 깨진 것에 불과할 뿐이다. 그릇이 깨졌다고 해서 내 삶의 어떤 부분도 똑같이 깨져 나가리라는 법은 없다고 생각하기로 했다.

컵 하나 깨졌다고, 컵처럼 사소한 일 하나 틀어져 버렸다고, 내 기분까지 망가뜨리는 어리석음은 더 이상 부리지 않으려고 한다. 고작 컵 하나일 뿐이다. 다른 컵으로 대체될 수도 있고, 컵이 없으면 대접이나 밥공기에 담아 마실 수도 있다. 대체품을 가진 어떤 물건이나 일 때문에 대체 불가한 유일무이의 나를 원망하거나 내 기분을 망치는 행동은 그만두고 싶다. 내 기분이 나를 홀대하도록 내버려 두지는 않을 거다.

앞으로도 삶의 중간중간 일이 안 풀려서 낙담할 때가 있을 것이다. 주변의 하찮은 대접을 감수해야 할 때도 있을 테고, 도전할 때마다 실패의 소식을 받아들여야 하는 날도 부지기수일

것이다. 그러나 그때마다 나는 마음을 새롭게 가다듬어 볼 예
정이다. 내 기분만큼은 나를 책임져 줄 수 있도록, 유일한 내 편
이 되어 줄 수 있도록 말이다.

내 몸 어느 구석에 있었는지조차 알 수 없었던 감각들과
거의 시들어 버렸다고 생각했던 감정의 이파리들이
되살아나 부지런히 움직인다.
이 순간 나의 행동을 더 좋은 방향으로 조금씩 밀어붙여 준다.

2장

더 나은
내가 되기 위한
다짐들

코르셋 입은
애호박처럼

바구니에 두세 개씩 담겨 팔리는 재래시장의 애호박은 크기가 제각각이다. 작고 통통한 녀석부터 길고 날씬한 녀석, 끝이 구부러진 녀석부터 배불뚝이처럼 중간이 부풀어오른 녀석까지 다양한 모양의 애호박을 볼 수 있다. 그에 반해 대형 마트에서 파는 애호박은 모양이 거의 다 비슷하다. 공산품도 아닌데 어쩜 그렇게 찍어내듯 똑같을까? 답은 애호박을 감싼 포장지에 있다. 처음부터 규격화된 포장지 안에서 애호박을 키우는 것이다. 다시 말하면 애호박은 포장지 이상으로 클 수가 없다. 포장지가 그걸 용납하지 않으니까.

비닐 포장지는 칼이나 가위로만 자를 수 있을 정도로 단단하기 때문에 애호박의 성장 속도나 성장세로 찢어낼 수가 없다. 애호박은 꽉 끼는 포장지 속에서 자신을 가다듬는다. 아무렇게나 막 자라고 싶은 욕구를 거세당하며 형태를 잡아간다. 포장지 원형 그대로의 애호박이 탄생하는 것이다. 중세시대 여성들이 날씬해 보이고 싶어서 드레스 속 코르셋의 끈을 당겨 체형을 유지했던 것처럼 말이다. 코르셋을 입은 애호박이라 생각하면 이해가 쉬울 듯하다. 애호박은 포장지를 코르셋 삼아 상하좌우 균형을 맞춰가며 자란다.

10년 전쯤, 포장지를 뜯어내다가 애호박의 몸통에 새겨진 '애호박' 세 글자를 본 적이 있다. 문신 같기도, 낙인 같기도 하다고 느꼈다. 어떻게 애호박 표면에 글자가 나타난 것일까? 애호박 포장지에 인쇄되어 있던 글자 때문이었다. 힘찬 기세로 무럭무럭 자랐지만 딱 포장지 크기만큼만 클 수 있던 애호박. 몸통에 새겨진 세 글자는 더 자라고 싶지만 그럴 수 없었던 애호박의 아쉬움처럼 보였다.

당시 난 왜 애호박조차 똑같이 예쁘게만 키우려고 하는지 이해하지 못했다. 천편일률적인 것에 대한 강한 불만이 있었다.

세상 모든 만물이 자유로움을 추구할 수 있어야 한다고 믿었기 때문이다. 모든 것은 주체적인 존재로서 자유의지를 가지고 언제 어디서든 마음껏 생각하고 표현할 수 있어야 한다고 믿었다. 그것이 바람직하다고 여겼다.

그로부터 10년이 지난 며칠 전, 딸아이가 색다른 반찬을 만들어 보겠다며 꺼낸 애호박의 몸통에서 또다시 찍어낸 듯한 세 글자 '애호박'을 보았다. 그 옛날엔 부정적으로만 보였던 글자가 좀 다르게 보였다. 몸통에 선연하게 찍힌 글자를 통해 애호박이 얼마나 최선을 다해 성장했는지 알 것 같았다. 애호박의 생의 한 주기, 그 순간의 치열함이 그대로 느껴졌다. 포장지 속에서 매일매일 일정하게 성장하는 애호박을 보며 내 삶의 루틴을 떠올렸다. 내가 매일 하는 일들을 어떠한 틀 속에 넣어서 차근차근 진행하고 있는지 궁금해졌다.

혹자는 그런다. 내용이 중요하지 형식이 뭐가 중요하냐고. 그런데 형식이 중요할 때도 있다는 것을 깨닫게 된다. 내용은 당연히 중요하고 그것을 뒷받침하면서도 향상시키기 위한 형식과 틀도 소중히 다뤄져야만 한다.

시계 초침처럼 정확하게 하루의 일과를 세분하여 운영해 나가자는 이야기가 아니다. 형식을 갖춘 일상과 그렇지 않은 일상에는 차이가 있음을 인정하자는 것이다. 작은 차이를 쌓다 보면 눈에 띄는 차별점을 얻게 될 것이고 반드시 자신을 세상에 드러내는 특이점을 갖출 날도 올 것이다.

애호박 포장지가 자유를 속박한다고도 생각했으나 이젠 일상을 제어하는 루틴을 생각하기도 하는 나 역시 시간의 흐름에 따라 사고가 자유롭게 변화해 감을 느낀다. 보다 긍정적으로 살며 나를 성장시키는 삶을 유지하고 싶다는 생각은 사물을 보는 시각에도 영향을 미친다. 앞으로도 여전히 별것 아닌 생각들과 정말 중요한 생각들 사이에서 왔다 갔다 하면서 갈피를 잡지 못할 수도 있겠지만 그게 싫지만은 않을 것 같다. 그중에서 나에게 도움이 되는 것들을 취사선택하는 것만은 고유한 내 권한이니까 말이다. 나는 내 성장을 위해 기꺼이 코르셋 같고, 애호박의 포장지 같은 작은 루틴을 지켜나가고 싶다.

나는 오늘도
나를 키운다

지난해 초, 나는 술을 끊었다. 금주가 절실할 정도로 술을 많이 마시는 편은 아니었지만 결단을 내렸다. 평소 목마를 때 맥주 한 캔 정도 마셨고 가끔 저녁이 먹기 싫은 날에는 차가운 맥주에 구운 프랑크 소시지를 먹기도 했다. 담백한 크래커와 조미김은 내가 가장 좋아하던 맥주 안주였다.

내가 맥주를 가까이하게 된 이유는 술을 좋아하는 남편 때문이었다. 남편은 포도주와 맥주를 좋아한다. 마트에 가면 세계 맥주 코너에서 만 원에 4개짜리 맥주를 종류별로 골라 사 온다. 덕분에 다양한 맥주를 이것저것 마셔보기도 했다.

나는 맛에 좀 둔감한 편이어서, 벨기에산 호가든(약간 화장품 냄새가 나는 듯하다. 단순 취향 문제이다.)만 빼면 국산 맥주를 포함해 어느 나라 맥주든 다 마셨다. 특별히 선호하는 것도 없었다. 말 그대로 주는 대로 잘 마셨다. 그렇게 남편 따라서 일주일에 서너 캔 정도의 맥주를 마셨던 것 같다. 평상시에는 마시고 싶은 생각이 들지 않았지만, 눈앞에 보이면 마시고 싶은 게 바로 맥주였다.

어느 날 저녁 식사 후 남편이랑 맥주를 마시며 이런저런 세상사를 나누다가 이야기가 길어져 버렸다. 새벽 한두 시까지 마셨던 것 같은데, 보통 그럴 때면 남편은 중간에 포도주로 주종을 바꾼다. 맥주를 고수하던 나는 길어진 이야기 탓에 평소보다 한두 모금을 더 마시게 되었다. 바로 그게 사건의 발단이었다. 갑자기 체한 듯 속이 불편해져서 욕실에 갔다가 술기운에 그만 미끄러지고 말았다. 그러면서 얼굴을 세면대에 부딪혔다. 취기가 마취제 역할을 해준 덕분인지 많이 아프지는 않아서 그냥저냥 잠이 들었다.

문제는 뒷날 시작되었다. 속이 쓰리고 아프더니, 구토까지 했다. 겨우 맥주 두 캔에 구토까지 일으킬 정도로 몸이 허약해

졌나 싶어서 갑자기 우울해졌다. 아픈 속만큼 얼굴 상태도 좋지 않았다. 세면대에 부딪힌 얼굴엔 멍이 들었고, 멍이 번져 눈두덩과 광대뼈까지 시퍼렇게 변해버렸다. 작정하고 의심의 눈초리로 봤다면 내 얼굴을 보자마자 매 맞는 아내를 떠올렸을지도 모른다. 속이 너무 아픈 나머지 하는 수 없이 병원에 가서 링거까지 맞았다.

다행히 얼굴에 골절 같은 건 없었지만, 멍이 다 빠지고 예전 얼굴로 돌아오기까지 무려 3주가 걸렸다. 그동안 나에게 맥주는 알코올이 조금 함유된 시원한 음료일 뿐이었는데 이젠 아니었다. 더 이상 맥주를 음료로 즐길 수 있는 나이도 아니고, 체력도 아니라는 판단이 들었다. 그래서 그날 이후 좋아하던 맥주를 끊었다. 한낱 기호품에 지나지 않았던 맥주에 대책 없이 취하고 다치기까지 하는 상황이 싫어서였다.

구토하고, 얼굴 다친 것이 생명을 위협할 정도의 치명상은 아니었지만 내 안에 커다란 상처를 남겼다. 외상보다 내상이 훨씬 큰 경험이었다. 좋은 습관은 삶의 방향 역시 좋은 쪽으로 이끌지만 나쁜 습관은 현재 상태에 나를 주저앉히거나 훨씬 뒤로 물러서게 만든다는 것을 알았다. 나쁜 습관은 쉽게 형성되지만 살아가는 데 방해가 된다는 브라이언 트레이시의 말이 그 제야 이해되었다.

이틀 건너 맥주를 마시던 나쁜 습관은 저녁 식사를 대충 하게 만들었다. 또 새벽까지 잠 못 들게 했고 뒷날 늦게 일어나게 했다. 늦은 밤 홀짝홀짝 마시던 맥주가 삶에 긍정적 기운을 불러일으켰을까? 탄수화물의 양을 늘려 혈당치만 높이지 않았을까? 요즘 사람들은 건강하게 살기 위해 탄수화물의 양을 줄이며 식생활 개선을 많이 하고 있다. 탄수화물은 밥, 빵, 국수, 과일, 케이크, 과자, 음료수 등에만 들어 있는 것이 아니라 맥주에도 있다. 주식인 밥, 국수, 빵 등의 양을 조절하기 힘들다면 기호 식품인 맥주나 믹스 커피, 그 외 과자류 등의 양을 줄여서라도 건강을 지켜야겠다는 생각이 들었다.

나를 해롭게 하는 음주는 하지 않아야겠다고 다짐하며, 금주 결심에 불을 지피듯 생산적인 일을 찾아 나섰다. 책을 읽고 끄적끄적 글을 쓰기 시작했다. 일기처럼 글을 썼지만 계속 쓰다 보니 쓴다는 행위가 나를 증명해 주는 것 같았다. 영국의 소설가 겸 극작가인 윌리엄 서머셋 모음은 '어떤 면도의 방법에도 철학이 있다'라고 했다. 매일 하는 단순한 행위에도 자신만의 철학이 들어간다는 뜻이다. 그렇다면 나를 증명해 내고 나의 철학을 밝히는 매일의 일을 대충 해서는 안 될 것이다. 한결같이 정성을 기울이면서 부지런히 하는 그 매일의 일이 바로 '나'이고 '나 자신의 철학'일 테니까 말이다.

삶이라는 것이 순간순간의 선택으로 이루어지는 것이라면 이제 나는 매 순간을 함부로 살지 않으려고 한다. 아니, 그렇게 살기 싫어졌다는 말이 더 맞을 것 같다. 늘어난 경험치를 바탕으로 마음먹기에 따라 얼마든지 인생의 방향이 긍정적으로 바뀌며 삶이 진화될 수도 있다는 것을 깨달았다.

나는 건강을 위해, 더 좋은 습관을 갖기 위해 여전히 노력하는 중이다. 이런 노력을 '나는 나를 키운다'라는 말로 표현하고 싶다.

나는 오늘도 나를 키운다.

아직 작은 새싹에 지나지 않지만 조금씩 자라날 거라 믿는다.

시든 감정을
되살리는 시간

새벽 기상을 한 지 여덟 달 정도 되었다. 늦은 밤, 온라인으로 디지털 드로잉 강좌를 듣느라 수면 흐름이 깨졌던 두 달을 제외하고는 지금까지 지켜나가고 있다. 새벽 기상을 처음 하던 때에는 일어나서도 꽤 오랫동안 졸거나 멍하게 앉아 있기도 했고, 낮잠을 몇 시간씩 자기도 했다. '이럴 거면 새벽에 뭐 하러 일어난 거야?' 스스로에게 반문하기도 했다. 자책은 덤으로 따라다녔던 것 같다.

새벽잠이 줄어든 대신 낮잠이 늘어난 이상한 상황이 반복되나 보니, 전체 수면 시간으로 따져 보았을 때 별 차이도 없었다.

'아랫돌 빼서 윗돌을 괸다'라는 속담이 딱 맞는 경우였다. 피곤함을 달래는 방법을 몸이 알아서 조절하고 있다고 여기면서도 조금은 허무했다.

'새벽 기상, 이거 계속해야 할까?'

한번 의심이 생긴 자리에는 빈틈을 노리고 나약한 마음이 똬리를 틀기 마련이다. 어떤 날은 새벽 기상을 하려고 스르륵 일어났다가, 도로 누워서 한 시간 이상을 더 자기도 했다. 그 후로는 한 번에 벌떡 일어나는 것을 생활화하려고 했다. 그러기 위해서는 컨디션 조절이 필요했다. 최소한 밤 11시 전에는 취침을 해야 새벽 5시 전후에 일어날 수 있기 때문이다.

도와줘도 모자랄 판에 남편은 종종 새벽 기상을 어렵게 만드는 훼방꾼 역할을 담당했다. 야근이나 회식으로 귀가가 늦어지는 남편을 기다리다가 잠자는 시간을 놓치기도 했다. 무리해서 뒷날 새벽에 일어나면 컨디션 조절에 실패할 수밖에 없게 된다. 낮에 책을 읽거나 글을 써도 집중이 되지 않았다. 그래서 남편에게 잔소리를 하면 남편은 무엇 때문에 빨리 일어나냐며 건강을 생각해서 그냥 푹 자라고 했다.

사실 그동안의 나는 남편이 출근할 때까지 늘 잠을 자던 사람이었다. 새벽 두세 시까지 잠을 이루지 못했던 까닭에 아침 일찍 일어날 수가 없었다. 아침잠만큼은 누구에게도 양보할 수 없다던 내가 이제 와 새벽 기상을 하겠다며 남편의 퇴근 시간을 매번 확인하려 드니 남편 입장에서는 내 잔소리가 귀찮을 법도 하다.

그래도 아랑곳하지 않고 나는 하루를 제외하고 지금까지 평균 5시 전후로 일어났다. 가끔은 4시 전에 일어나는 날도 있다. 평소보다 일찍 눈이 뜨인 날은 글을 쓰거나 책을 읽거나 가만히 앉아 오래도록 생각을 한다. 그러면 미처 몰랐던 것들을 깨닫는 순간도 맞이하게 된다.

얼마 전에 새롭게 알게 된 사실이 하나 있다. 바로 새벽 새의 지저귐이다. 열어둔 창문 사이로 들려오는 새소리에 처음엔 당황했다. '우리 동네에 새가 있었나?' 사실 새는 집 주변에 항상 있었는데, 그 시간에 일어나 가만히 귀기울인 적이 없던 내겐 너무나 생경한 소리로 들렸다. 창문 너머로 새벽 청소차가 쓰레기를 실어 가는 소리, 저기 먼 도로 위의 아스라한 자동차 소리, 가끔 울려 퍼지는 자동차의 경적 소리, 새벽 특유의 차분함과 여유로움, 콧잔등에 스치는 시원한 바람, 천천히 그렇지만 단호하게 밝아오는 세상과 끝내 맞이하게 되는 아침까지. 새벽에 일어나지 않았다면 결코 몰랐을 세상에 대한 예민한 감각들이 일깨워졌다. 꾹꾹 눌러 놓아서 내 몸 어느 구석에 있었는지조차 알 수 없었던 감각들이 나를 살며시 흔들어 주었다. 거의 시들어 버렸다고 생각했던 감정의 이파리들이 살아나 부지런히 움직였다. 그런 소중한 감정들이 나의 행동을 더 나은 방향으로 조금씩 밀어붙여 준다.

나는 여전히 성장하고 싶다. 손톱 반만큼, 그게 안 된다면 깨알만큼이라도, 겨자씨만큼이라도 나를 성장시키는 쪽으로 발걸음을 옮기고 싶다. 그 길에서 만난 새벽 기상은 나를 더 나은 사람으로 만들어 줄 것이라 믿는다.

느리지만
쉼 없이 돌파하며

한때 딸아이는 키가 더 크는 것이 소원이었다. 시키지도 않았는데 21층인 우리 집까지 계단으로 걸어 올라왔다. 엘리베이터를 두고 왜 힘들게 계단을 오르는지 이해하지 못했다. 그렇게 몇 주가 지났을까. 딸아이도 기운이 빠졌는지 점점 계단 오르는 횟수가 줄어들었다. 그때쯤 우연히 내가 계단을 오르게 되었다.

그날따라 엘리베이터가 아파트 꼭대기인 36층에 있었는데 기다리기가 귀찮아 계단을 한 칸 두 칸 올랐다. 그게 바로 계단 오르기의 시작이 될 줄은 나도 몰랐다. 나는 거의 평생을 숨쉬

기만 하면서 살아왔다. 운동을 규칙적으로 해본 적도 거의 없고, 시도했다가도 그만두기를 반복했다. 그런 내가 계단 오르기를 포기한 딸아이를 흉내 내다 계단을 오르게 된 것이다.

이왕 시작했으니 쉽게 그만두지 못할 만큼의 매력적인 이유를 찾고 싶었다. 알아본 결과, 내 짐작보다 계단 오르기의 운동 효과는 훨씬 좋았다. 대사증후군, 당뇨, 고지혈증, 고혈압, 심혈관 질환 예방에 좋고, 노화 억제와 치매 예방에도 효과가 있었다. 20층 이상의 계단을 걷는 것만으로도 심근경색으로 인한 사망 위험이 20퍼센트나 감소된다. 또 내분비선의 균형 유지 및 긴장 완화에도 도움을 주어 수면 장애에서 벗어나게 해준다. 계단 오르기는 현관문만 열고 나가면 아무 때나 할 수 있는 운동이니 그 점 또한 마음에 쏙 들었다.

몇 개월 동안 실천하고 있지만 지금도 계단을 오르는 것은 여전히 힘들다. 그래도 계단 5층을 오른 운동 효과가 체조 15분을 한 것과 맞먹는다는 얘기를 들은 다음부터는 더 힘을 내서 실천하는 중이다. 첫 번째 고비는 늘 8층 무렵에서 찾아온다. 숨이 턱까지 차오르며 현기증이 날 때도 있다. 그사이 계단을 오르면서 나름의 요령도 익혔다. 첫 번째 고비가 오기 전에 숨을 크고 깊게 쉬어야 한다. 이때 속도를 조금 늦추면서 심호흡에 신경을 쓰면 좋다.

또 8층까지 올라올 때와 똑같은 속도로 계단을 오르다가는 10층에서 탈진하기 쉽다. 그래서 힘든 8층 무렵부터는 호흡에만 집중하고 계단을 천천히 오른다. 그러면 가쁜 숨이 한차례 가라앉는다. 느려진 속도에서 비축된 에너지로 다시 10층 너머를 향해 오를 수 있다. 하지만 그렇게 올라도 15층쯤 되어서 고비가 또 온다. 같은 패턴으로 호흡과 발걸음 속도에 집중하며 아무 생각도 하지 않아야 한다.

하긴 머릿속이 하얘져서 어떤 생각도 나질 않는다. 주먹구구식이긴 해도 힘든 구간마다 나름의 변화를 줘 가며 계단을 오르다 보면 어쨌든 집에 도착할 수 있다. 문제는 현관문을 열고 들어오면 거의 바닥에 엎어져 실신한다는 데에 있지만 말이다.

찰스 두히그가 쓴 『습관의 힘』에는 1992년 영국의 한 심리학자가 스코틀랜드의 정형외과에서 환자들을 상대로 한 실험 이야기가 나온다. 변화를 완강히 저항하는 사람들에게 의지력이 어떻게 작동하는지를 알아보는 실험이었다. 환자 대부분은 고관절이나 무릎관절 교체 수술을 받았기 때문에 수술 직후부터 운동을 시작해야 했다. 그렇게 하지 않으면 관절 유연성도 떨어지고 혈전 현상 등이 생겨서 위험해지기 때문이었다. 하지만 고통이 너무 커서 환자들은 재활 운동을 꺼렸고, 하는 수 없이 심리학자는 그들에게 백지를 나눠주면서 운동 계획서를 작성해 보라고 권했다. 그 결과 구체적이고 명확하게 운동 계획을 쓴 환자들이 그렇지 않은 환자에 비해서 회복 속도가 2~3배 이상 빨랐다.

회복 속도가 빨랐던 환자들의 운동 계획서에서 하나의 공통점이 발견되었는데, 그것은 바로 통증이 예상되는 특정한 순간에 대처하는 방법들을 써 놓았다는 점이다. 환자들은 통증이 극심하거나 운동을 포기하고 싶을 때를 중심으로 계획을 세웠고, 스스로가 힘든 순간을 이겨 나갈 방법을 고안해 냈기에 회복 속도가 빨랐다는 것이다. 반면 기록하지 않은 사람들은 고통스러운 순간을 떠올려 본 적도 없었기 때문에 어떻게 대처해야 할지도 생각하지 않았다. 그들은 아예 운동을 포기하는 쪽을 선택했다.

비록 심리학자의 조언을 받지는 못했지만, 나는 계단 오르기를 할 때 고통의 지점 8층 앞에서 자구책을 마련하며 고통의 강도를 낮춰 나갔다. 어차피 올라가야 할 계단이고 중간중간 힘든 순간은 매번 반복될 것임을 알았기에 호흡과 속도를 조절해서 끝까지 가려고 노력했다. 의지력이 습관이 되는 순간, 습관이 나를 건강하게 만들어 줄 순간만을 꿈꾼다.

나는 느리지만 쉼 없이 고통의 변곡점, 마의 8층을 돌파해 나갈 것이다. 삶의 중간중간 만나게 될 고통의 순간에도 계단을 오르며 배운 고통의 변곡점을 떠올릴 것이다. 인증샷을 찍으며 낭비되는 시간을 줄였더니 나 같은 거북이도 조금은 빨라졌다. 이러다가 세상에서 가장 빠른 거북이가 되는 건 아닌지 모르겠다.

물질에는
인색해지기로 했다

나는 경제관념이 부족한 사람이었다. 반평생 가까이 살아오면서 그게 부끄러운 일인지 잘 몰랐다. 3~4년 전까지만 해도 생각 없이 물건을 샀다. 그다지 필요하지 않은 것도 충동구매로 산 적이 많았다. 심지어 물건을 사서 단 한 번도 쓰지 않은 채 몇 년을 보관만 하다가 박스째 버린 적도 있다.

사치품이나 명품을 밝히는 사람은 아니지만, 그렇다고 알뜰살뜰 절약하며 가계부를 쓴 적도 거의 없다. 뭘 살 때 예산을 염두에 두고 살까 말까 고민한 적도 거의 없다. 그냥 대충 봐서 필요할 듯하면 다 사버렸다. 깊은 고민 없이 샀기에 쓸모를 찾지 못한 물건들은 애물단지로 전락했다. 남편이 벌어 오는 돈을 알뜰히 모으고 더 신중히 사용했다면 아마 지금보다는 훨씬 노후 대비가 잘 된 삶을 살고 있었을지도 모른다.

그러다가 3년 전부터 소비하지 않는 삶으로 생활 패턴이 바뀌어 갔다. 그건 사실 자의라기보다는 환경 탓이 컸다. 당시 우울증이 심해지면서 뭔가를 구경하고, 사고 싶은 마음 자체가 다 자취를 감춰버렸기 때문이다. 욕망의 전멸이었다. 일단 3년 가까이 내 옷을 사지 않다 보니 가방이며 신발도 살 필요가 없었고, 기타 액세서리류도 일절 사지 않았다.

그런데도 생활하는 데에는 하등의 불편함이 없었다. 소비하지 않고도 충분히 잘 살 수 있다는 것을 그때야 알았다. 이제는 꼭 필요한 것만을 취하면서 살 수 있겠다는 확신도 들었다. 소비할 시간도, 욕구도 없어졌으니 '물건은 내 인생에서 그림의 떡처럼 무의미하겠구나' 생각했다. 그런데 아주 가끔 문구점에 가면 사고 싶은 것들이 눈에 띈다. 책상 서랍 속에 사용하지 않은 문구용품이 많음에도 불구하고 마음이 흔들릴 때가 있다.

오늘도 우연히 들른 문구점에서 파스텔 형광펜과 노트 다섯 권을 사 왔다. 책상 위에 굴러다니는 형광펜이 있는데도 새로운 것들을 만지작거리는 나를 보면서 언제든 나의 미친 소비 욕구가 고개를 들고 살아날지 모르겠다 싶어서 조금 뜨끔했다. 어쨌든 파스텔 형광펜조차 막상 구매할 땐 이걸 살까 말까 하고 수십 번쯤 고민했다. 돈 만 원이 아까워서가 아니라 나와 관련된 물건의 가짓수가 많아지는 것이 점점 부담스럽게 느껴지기 때문이다. 달랑 몸뚱이 하나 유지하면서 너무 큰 면적과 과도한 물건들을 지니느라 정작 중요한 게 무엇인지도 모른 채 살아갈 수 있겠다는 생각에 더럭 겁이 났다. 한 3년간 그랬던 것 같다.

이제는 욕망을 최소화하고, 소비를 최소화한 공간에 내가 진짜 나여야만 하는 이유와 의미를 채우고 싶다. 겨우 형광펜 한 세트, 노트 다섯 권일지라도 내게 필요 없는 소비는 아닌지, 내가 사는 바람에 꼭 필요한 누군가가 못 사게 되는 것은 아닌지를 고민해 본다. 내게는 너무 쉬운 소비가 똑같은 하늘 아래 누군가에게는 어렵고도 힘든 소비인 걸 알게 된 이상, 예전의 나와 지금의 내가 같을 수는 없다. 엄청 늦게 철이 들어 아쉬운 감이 있지만 스스로를 탓하지는 않으려 한다.

율곡 이이는『자경문』에서 "공부는 죽은 뒤에야 끝나는 것이니 서두르지도 늦추지도 않는다"라고 말했다. 죽을 때까지 공부해서 생각의 오류를 바로잡고 행동을 올바르게 개선해 나가는 것을 목표로 삼은 이상 자책으로 삶의 순간순간을 낭비하고 싶지 않다. 내 삶이 그렇게 소비되는 건 막고 싶다.

돈을 쓰는 것은 쉬운 일이었다. 그러나 곱씹어 생각하면서 쓰지 않는 일은 쉽지 않았다. 이왕 살아가야 한다면 쉬운 쪽보다는 쉽지 않은 쪽을 선택하는 것이 늘 옳다. 내가 지금까지 살아온 바로는 어려운 쪽이 항상 기억에 남았고, 그런 순간이 나를 지탱하며 키워준 것이 맞았다. 나는 나를 위한 소비를 지양하고 공짜라는 이유로 타인의 재화를 낭비하는 삶에서 점점 멀어지고 싶다. 그래서 앞으로도 나에게만큼은 물질적으로 조금 더 인색해지려 한다.

욕망을
스스로 조절하며 살기

　나는 믹스 커피를 좋아한다. 밖에 나갈 때도 믹스 커피 몇 봉지를 챙기고 싶을 정도다. 차마 그럴 수 없어서 비슷한 맛을 찾아 헤맨다. 프랜차이즈 커피숍에 갈 때는 캐러멜 마키아토처럼 엄청 단것을 고른다. 그런 걸 어떻게 마시냐고 하는 사람들이 있지만 내 입맛에는 그게 믹스 커피랑 가장 비슷하기 때문이다.

　반면 남편은 믹스 커피를 입에 대지도 않는다. 남편은 건강을 생각해서 질 좋은 커피를 마시라고 권하지만 나는 들은 척도 하지 않은 채 30년 가까이 믹스 커피만 마시며 살아왔다. 그런 나를 남편은 이해하지 못한다. 그럼에도 불구하고 마트에서 믹스 커피를 사 오라는 내 부탁을 모른 척하지는 않는다. 오히려 400개들이 대형 박스를 사 와서 나를 놀라게 한다.

나는 밥은 안 먹어도 믹스 커피만큼은 꼭 챙겨 마셔 왔다. 물론 중간중간 헤이즐넛이나 루왁커피 같은 것을 선물 받아 마신 적도 있다. 그러나 믹스 커피가 내 입맛에 가장 맞았다. 내게 믹스 커피란, 무언가를 열심히 하기 위해 잠을 쫓는 과정에서 필연적으로 마신 음료였다. 모두 잠든 깊은 밤, 손닿는 곳에 유일하게 있던, 만져질 수 있는 따뜻함이었다. 힘들고 지칠 때 봉지 하나 뜯어서 뜨거운 물에 후루룩 타 마실 수 있는 편리함이 좋았다. 입안에 퍼지는 달콤함도 만족스러웠고, 목구멍을 타고 내려가는 뜨끈함도 마음에 들었다.

속상하고 분한 일을 당했을 땐 어김없이 믹스 커피를 마셨다. 그 봉지 하나가 이루 말할 수 없는 위로를 줄 때가 많았다. 커피 알갱이들을 일일이 갈아서 커피포트에 차분히 내려 마실 정도라면 힘든 것도 아니고, 지친 것도 아니고, 속상하거나 분한 일을 당한 것도 아니었다. 나의 경우는 그랬다. 시도 때도 없이 부풀어 올랐다 가라앉았다 소용돌이치는 슬픈 감정을 다스리며 빠른 위로를 줄 수 있는 건 믹스 커피밖에 없었다. 고급 커피가 주는 풍미보다 지난 세월 나와 동고동락했던 믹스 커피가 주는 익숙한 맛에 길들여진 셈이다.

아마도 나라는 사람은 미각보다는, 감각에 영향을 미치는 감정에 더 많이 좌우되는 사람이었나 보다. 남들이 다 맛있다고 하는 커피보다 나에게 추억이 된 믹스 커피를 즐겨 온 것을 보면 말이다. 그런데 어느 때부터인가 믹스 커피를 마셔도 졸음과 피곤함이 사라지지 않았다. 그 옛날 정신을 흔들어 맑게 깨워 주고, 감정도 다잡아 주던 믹스 커피가 아닌 것처럼 느껴졌다. 그래도 이미 수십 년 동안 마셔 왔기에 습관처럼 함께했다.

최근 마키타 젠지의 『식사가 잘못됐습니다』라는 책을 읽으며 믹스 커피에 대한 맹목적인 나의 사랑을 놓아 주어야 할 때가 되었음을 깨달았다. 우리가 마시는 음료(캔 커피 포함이니 당연히 믹스 커피도 포함일 것이다)는 혈당을 지나치게 끌어올려 췌장에서 인슐린을 과다 분비하게끔 한다. 일명 혈당 스파이크 유발인자가 있는데 청량 음료, 과자, 케이크 등등 과도하게 설탕이 들어간 식품들이 여기에 속한다.

이런 식품들로 인해 높아진 혈당은 뇌내 물질을 분비하여 사람의 기분을 순식간에 좋아지게 만든다. 그렇게 기분을 들뜨게 만드는 지점을 지복점이라고 한다. 지복점은 소비자의 만족도가 가장 높은 지점, 즉 욕망이 충족되는 상태를 가리킨다. 당연히 식품 회사에서는 소비자 만족도가 가장 큰 지복점을 철저하게 계산해 제품을 만들어 낼 것이다. 사람들이 자연스럽게 그 제품에 빠져들도록 하기 위해서 말이다.

어떠한 것에 중독된다는 건 바람직하지 않다. 그 제품 혹은 대상이 사라졌을 때 우리 자신의 삶이 혼란 속으로 빠지게 내버려둘 수는 없기 때문이다. 우리 스스로를 제어할 수 없게 만드는 요소들은 삶에서 하나씩 제거해 나가야만 한다. 믹스 커피를 포함해 과자, 사탕, 초콜릿 등을 마구잡이로 먹었던 지난날을 돌아보았다. 단 음식이 건강에 나쁘다는 사실을 알았어도 대수롭지 않게 여기면서 즐긴 시간이 너무 길었다. 이제는 건강을 위해서 여러 종류의 달콤한 것들과 결별해야만 한다는 걸 안다. 무엇보다 나의 욕망을 스스로 조절하며 살고 싶어졌기 때문이다.

인생 후반전, 나는 나를 조금 더 가다듬으며 잘 키우고 싶다. 좋은 습관을 몸과 마음에 새겨 바르게 살아가고 싶다. 좋은 습관 하나를 익히며 나쁜 습관을 버리지 않는다면 어떻게 될까?

좋은 습관이 자리를 잡는 데 방해가 될 것이다. 옷장 안에서 헌 옷을 빼내지 않은 채 새 옷을 계속 집어넣는 것과 같은 이치일 것이다. 뒤죽박죽인 상태라면 필요할 때 새 옷도 재빠르게 찾을 수가 없다. 간절한 시기에 필요한 것을 제대로 찾아낼 수 없는 삶, 내 안의 모든 것들이 뒤섞여 우선순위조차 가늠할 수 없는 삶과는 헤어져야 한다.

습관이란 철사를 꼬아 만든 쇠줄이라고 한다. 이왕 쇠줄을 만들 거라면 애초부터 제대로 된 철사로 정성을 다해 꼬아 만들어 내고 싶다. 좋은 습관 하나를 내 몸에 새기는 것보다 더 피나는 노력으로 나는 나의 나쁜 습관 하나를 떼어 내는 중이다. 이쯤에서 나는 믹스 커피 중독자의 삶에 종지부를 찍고 싶다.

'믹스 커피! 너와 나의 인연은 여기까지. 그동안 고마웠어. 잊지 않을게.'

겸손하면서도
어른스럽게

아주 오래전 대학생 때의 일이다. 소개팅할 때 남자의 외모를 가장 중요하게 보는 친구가 있었다. 이것저것 다른 건 다 필요 없고 키 크고 잘생기면 된다고 했다. 친구가 소개팅에 나가서 성공한 적은 한 번도 없었다. 언제나 자신의 이상형과 맞지 않는 이상하게 생긴 사람만 나온다고 툴툴거렸다. 나는 그런 친구가 좀 한심해 보였다. '그러니 연애를 못하지' 하며 속으로 험담도 했었다.

그러다 친구가 고등학교 연합 동문회의 신입생 환영 파티에 가서 이상형을 만났다고 좋아했다. 이상형이 자신의 동기나 선배였으면 좋았을 텐데, 안타깝게도 후배였다. 그것도 무려 네 살이나 어린 후배. 지금이야 연상연하 커플이 아주 많지만, 20여 년 전만 해도 네 살씩 차이 나는 커플은 별로 없었다. 있다 하더라도 서로 쉬쉬하거나 조용히 다녀서 눈에 잘 띄지 않으려는 분위기였다.

그 남자 후배의 이름 어딘가에 '풍' 자가 들어 있었다. 친구는 그 후배와 사귀는 것도 아니면서 "설마 이름에 '바람 풍(風)'을 쓰진 않겠지?"라며 걱정을 했다. 그런 대화를 주고받다가 후배를 부르는 암호명이 자연스레 '바람 풍'이 되었다. 바람 풍은 내 친구의 마음을 전혀 알아차리지 못한 채 눈부신 외모를 빛내며 돌아다녔다. 딱 봐도 누구나 좋아할 만한 외모였다. 친구한테 세뇌를 당했는지 나도 자꾸 그에게 눈길이 갔다. 친구는 집요한 스타일이었기 때문에 열심히만 노력하면 모든 일은 다 이룰 수 있다는 신조로 사는 사람이었다. 잘하면 바람 풍과의 연애도 가능하리라 믿고 있었다.

그러던 어느 날, 친구가 연애를 시작했다고 나에게 털어놓았다. 기대에 찬 내가 "바람 풍?" 하고 물었다. 그러나 친구는 이상형과는 한참 동떨어진 사람의 이름을 슬며시 말했다. 나의 황당한 표정을 눈치챈 친구가 따끔한 조언을 잊지 않았다.

"야, 너. 남자 얼굴로만 판단하는 거 아니다."

나는 그때 친구의 행동이 참 우습다고 생각했었다. 다른 거 안 보고 남자 인물만 볼 거라는, 책임지지도 못할 말은 왜 했던 거냐고 비아냥대기도 했다.

그 후 내게도 사건이 생겼다. 교양 수업을 듣고 나오는데 한 남자가 쫓아온 것이었다. 다짜고짜 사귀자는 그의 말에 나는 까무러칠 뻔했다. 외모가 너무나도 내 마음에 안 들었기 때문이다. 친구 따라 강남 간다더니, 나도 모르는 사이에 이상형이 바람 풍 타입으로 바뀌었던 모양이다. 나는 그 남자의 이야기는 듣지도 않은 채 매몰차게 자리를 피해 버렸다.

그로부터 꽤 긴 시간이 흐른 지금, 나는 그때가 가끔 떠오른다. 왜 그렇게 오만했던 걸까? 내가 뭐라고 감히 그런 행동을 했던 걸까? 참 부끄럽고 후회되는 일 중에 하나다. 하지만 살면서 이런저런 일을 겪다 보면 그동안은 보이지 않던 희미한 것들이 보이기 시작한다. 삶에서 무릎이 몇 번씩 꺾이고 나면 긴말하지 않아도 저절로 꿇어앉게 되고, 머리를 조아려야 하는 순간이 오기도 한다.

그사이 여러 사람과 만나면서 좋은 관계도, 힘든 관계도 다 겪어 보았다. 행복하기도 했고 괴롭기도 했다. 만약 나에게 시련이라는 중간 제어 장치가 없었다면 아마 지금도 여전히 사람을 대하는 태도에서 편견을 거두어 내지 못했을 것이다. 누군가를 외모나 차림새, 능력이나 학벌, 재산이나 배경으로 판단하는 다른 사람들 속에 남아서 헛되고 세속적인 잣대로 세상을 평가하고 있었을지도 모를 일이다. 그렇게 살지 않을 수 있도록 늦게나마 나를 돌아볼 수 있게 해준 시련의 시간이 고맙게 느껴진다.

존 헤네시의 저서『어른은 어떻게 성장하는가』에는 참된 어른이자 리더가 되기 위해 갖추어야 할 10가지 핵심 자질이 잘 정리되어 있다. 존 헤네시는 16년간 스탠퍼드 대학교의 총장을 지냈고 현재 구글 모회사 알파벳의 이사회 의장으로 활동하고 있다. 그는 총장 은퇴 후 나이키의 필 나이트 회장과 나이트-헤네시 장학 재단을 만들기도 했다. 많은 사람에게 존경받으며 부와 명예를 다 가진 세계적 인물로 손꼽히는 그가 선택한 리더의 첫 번째 핵심 자질은 바로 겸손이다.

"당신은 가장 똑똑한 사람이 아니다"라고 말하며, 이것을 자신에게도 적용한 존 헤네시. 그는 총장 자리에 있었을 때조차 자신의 역할과 활동은 엔진이 아니라 하나의 연장에 불과하다고 했다. 또 겸손은 자신의 약점이 어디에 있는지 보여줌으로써 보완할 수 있게 해주고, 자신감을 키워주는 수단으로 작용한다고 말했다.

삶의 많은 부분이 겸손하지 못해서 깨지고 파괴되는 것을 본다. 상대방의 말을 귀기울여 듣지 않는 이유는 겸손함이 부족한 자리에 자만심이 들어찼기 때문이다. 사람을 대할 때 겉모습으로만 판단한다면, 남 앞에 나를 드러내고 내세우기를 좋아한다면, 실수를 배움으로 연결하지 못한다면, 자존심 때문에 도움을 요청하지 못한다면, 그건 덜 겸손하다는 뜻일 거다. 더 단단한 어른으로 성장하지 못했다는 말이다.

지금은 비록 꼬마와 진정한 어른 사이의 꼬마 어른으로 머물지라도 결국 우리들의 지향점은 한곳이 되어야 할 것이다. 성숙한 어른, 성장하는 어른. 그런 어른이 되기 위해 노력하는 자세를 갖고 싶다. 가다 멈추고, 가다 쓰러지는 날들도 많겠지만 다시 일어나서 걸을 수 있는 자세야말로 겸손이 아닐까.

지난날 겉모습만 보고 누군가에게 상처를 준 나는 반성과 후회와 용서를 비는 시간을 거쳐 이제는 그 누구도 섣불리 한 번에 판단하지 않게 되었다. 겸손한 마음으로 세상 모든 것들을 찬찬히, 오래도록 들여다볼 것이다. 이제는 나도 진짜 어른이 되어야 하니까.

함께 읽는
즐거움

줄곧 혼자 책을 읽다가 몇 년 전까지는 동화 작가들끼리 원고 합평(원고를 서로 읽고 생각을 나누며 비평하는 것)을 하기도 했다. 동화 작가들이다 보니 주로 동화나 청소년 소설을 읽게 되는 경우가 많았다. 그러다가 독서 모임에 참석한 지 이제 1년쯤 되어 간다. 우연한 기회에 집 근처의 독서 모임 '나비'에 나가게 되었다.

나비는 3P 바인더의 창시자이자 『독서 천재가 된 홍 팀장』 『바인더의 힘』의 저자인 강규형 대표가 만든 모임이다. 나비는 양재 나비(동네 이름을 따서 양재 나비, 송도 나비, 부산 나비 등으로 불린다)를 시작으로 확산되어 현재 전국적으로 300개 이상이 된다. 알에서 애벌레, 번데기를 거쳐 나비로 변화될 확률은 3퍼센트에 불과하다. 성공 확률 3퍼센트의 나비처럼 창조를 위한 실천과 행동을 하자는 의미로 독서 모임 이름이 '나비'가 되었다고 한다. 또 '나로부터 비롯되는 무엇인가'라는 의미도 담겨 있다고 한다.

독서 모임 나비의 존재를 알고 나서 참석을 하기 위해 문의했을 때 나는 내 귀를 의심했다. 토요일 오전 7시부터 모임이 시작된다는 안내를 받았기 때문이다. 갑자기 호기심이 생겼다. '도대체 어떤 사람들이 새벽잠을 설치며 일어나서 평일도 아닌 토요일 오전부터 모일까? 혹시 이상한 사람들 아닐까? 무슨 신흥 종교 집단인가?' 별별 생각이 다 들었지만, 겁 없이 모임에 참석하기로 마음먹었다.

오전 7시에 시작하는 모임의 일원이 된다는 것은 꽤 큰 결심이 필요한 일이었다. 하지만 작년 초부터 내 안에서 들끓는 배움과 변화의 욕구를 무엇으로든지 채우고 싶었다. 대신 그 모임의 성격이 나와 맞지 않는다면 도망쳐야겠다고 생각했다.

모임에 나가 보니 30분 동안의 오리엔테이션을 거친 후 다른 선배님들(나비에서는 남녀노소 누구나 상대방을 선배님이라고 부른다)이 모둠별로 모여 앉은 곳으로 향했다. 진행 방식은 누구에게나 공평했다. 모둠별로 한 사람당 6분씩 시간을 주고 책에 대한 자신의 견해를 이야기한다. 그 후 모둠별로 한 명씩 앞에 나가 발표를 한다. 마지막으로 독서 모임 대표님께서 20분 정도의 짧은 강의를 하면 두 시간의 일정이 끝난다.

책은 혼자 읽어도 좋지만 읽은 것을 함께 나누면 그 의미가 새롭게 다가오고 미처 발견하지 못한 깨달음도 얻게 된다. 책을 읽으며 이야기하는 과정 중에 사람을 만나기도 한다. 한 명 한 명 모두가 다 자신만의 인생 이야기를 써 내려가는 책과 같다는 생각이 든다. 어느새 나는 매주 토요일 독서 모임에서 책과 사람을 만나고 배려와 존중, 나눔과 실천의 자세까지 배우고 돌아온다.

나비 모임에서 독서 토론을 하고 집으로 돌아오는 길에는 꼭 공원에 들러서 혼자 40~50분간 걷는다. 책을 읽으며 서로의 생각을 나누었던 그 시간도 음미한다. 또 나의 부족한 점을 반성하고 과한 욕심이나 원망이 생기지 않도록 내 마음도 살펴본다. 독서 후에 생각을 가다듬고 내 일상을 돌아보는 습관 하나를 더 늘린 셈이다.

독서 모임에서 우연히 시작된 인연은 또 다른 인연을 불러와 내 곁에 살며시 앉혀 주기도 했다. 친구 삼아 서로 의지하라고 다독여 주었다.

이전에는 상상도 하지 못했던 다양한 분야에 종사하는 분들을 새롭게 알게 되었다. 정말 신기하다. 세상은 모든 것을 준비해 놓고 기다리고 있었는데 그동안 나는 이러저러한 변명만 늘어놓으면서 갱년기 무기력증에 갇힌 채 살아왔었던 것 같다. 그러나 모든 시작에 늦은 때란 없는 법. 이제 나의 성장을 위해 좋은 습관들을 익히며 한 걸음씩 힘차게 내디뎌 볼까 한다.

실패의 시간마저
아군으로

작년 5월 4일은 실패 3종 세트를 받은 날이다.

1. 작가와 함께하는 작은 서점 지원 사업 선정 탈락

2. 동화 원고 투고한 출판사의 거절

3. 접수해 놓은 전자책 심사 과정에서 비승인

긴 시간 동안 정성을 들여 준비했던 기획서, 동화 원고, 전자
책의 결과는 모두 실패였다. 그것들은 나 몰래 의논이라도 하
고 결정한 듯 그날 비슷한 시각에 앞서거니 뒤서거니 하며 우울

한 소식을 전해 왔다. '야! 너 실력 안 되면 글 그만 써!'라는 본심을 제대로 전하고 싶었나 보다. '세트로 동시에 충격을 줘야만 말을 듣는 인간이야'라는 뜻도 포함된 듯했다. 결과는 아쉬웠지만 어쩔 수 없는 일이라는 걸 안다. 오랜 기간 나는 거절에 익숙한 체질로 바뀌어 버렸고, 비난이나 외면도 내 몫으로 받아들여야 하는 상황이라면 마땅히 감당할 수 있을 만큼 나이를 먹었다.

나잇값이 통장에 든 적금처럼 든든하게 느껴질 때가 있다. 내게 일어난 일들을 더 이상 지나치게 부풀려 생각하지 않을 때, 실망스러운 순간을 두고두고 곱씹지 않을 때, 대신 사소한 감사거리는 오래 기억해보려 더듬거릴 때 나는 내가 겪어온 세월이 든든한 아군처럼 느껴진다.

세 가지 일들을 동시에 하느라 한동안 무척 바빴다. 우선 한국 작가회의(문학의 위상을 높이고 문학인의 권익과 복지를 지키는 일을 하는 문인들의 단체)에서 진행하는 '작가와 함께하는 작은 서점 지원 사업'에 신청할 마음으로 동네 서점을 섭외하고 다양한 문학 프로그램을 기획하여 사업계획서를 만들었다. 이 사업은 경영이 어려운 작은 서점에 작가 한 명을 상주시켜 다른 작가들

20여 명과 돌아가며 강연할 수 있도록 경제적 지원을 해주고, 서점과 작가들에게 7개월간 4,000만 원에 가까운 자금을 지원해 주는 규모가 꽤 큰 프로그램이었다.

거점 서점(주력 서점) 한 곳에서는 상주 작가가 7개월간 머물면서 문학 관련 프로그램 10여 개를 운영해야 하고, 작은 서점두 곳에서는 20여 명의 파견 작가가 2주에 한 번꼴로 강연할 수있도록 섭외, 프로그램 기획, 일정 조율 등을 해야 했다. 그 모든 걸 바로 서점에 상주하는 작가, 즉 사업계획서를 쓰는 작가가 해야 한다. 쉽지 않았지만, 사업계획서 20페이지에 동네 서점을 살리기 위한 문학 프로그램을 빼곡하게 작성했다. 전국서점들을 대상으로 단 20곳만 선정하므로 제대로 된 프로그램을 구성하여 진행할 각오가 되어 있어야 했다.

서점의 매출 및 문화 사업 진행 실적 등도 첨부해야 했는데 품이 많이 드는 작업이었다. 서점 세 곳의 대표님들과 메일을 주고받고 만나기도 하면서 의견을 나눴고, 3주간 숱하게 사업계획서를 수정했다. 하나를 고치면 줄줄이 앞뒤로 다 고쳐야하는 상황이 생기기도 했다. 사업계획서를 쓰는 와중에 기존에 써 놓은 동화 원고를 여러 번 수정하여 투고했고, 전자책 만들기 3주 과정에도 참여했다. 그렇게 노력을 기울였던 세 가지 과정의 실패 결과가 그날 하루에 차례차례 날아든 것이다.

그런데도 크게 실망스럽지는 않았다. 스스로 애썼던 순간들에 나름 만족을 하고 있었던 모양이다. 친한 작가님의 작은 서점 지원 사업 선정 소식도 듣자마자 진심으로 축하의 말을 건넬 수 있었다. 그렇게 할 수 있었던 이유는 그동안 내 나름대로 최선의 노력을 기울여 왔기 때문이다. 내 능력 안에서 할 수 있는 것은 다 했다. 내가 탈락한 것은 내가 게으르거나 정성이 부족했다기보다 선정된 다른 작가님들의 역량이 나보다 훨씬 뛰어났기 때문이라고 생각한다. 그래서 속상하기보다는 평상시 나의 마음 상태로 곧바로 돌아올 수 있었던 것 같다.

준비하는 과정은 무척이나 힘들었지만 새겨 볼수록 소중한 경험이었다는 생각이 든다. 그래서 결과가 예상 밖의 탈락이었다고 해도 기분이 나쁘지는 않았다. 어차피 나는 또 다른 일들을 내 방식대로 조금씩 다시 시작할 것이라는 걸 알기 때문이다. 또한 지금은 배트를 휘두르는 시간이라는 것을 알고 있다. 안타 하나 만들어 내기가 어디 쉬운가. 삼진에, 헛스윙에, 내야 땅볼에, 파울까지…. 나는 그 모든 것을 줄줄이 겪어 내는 중이다. 언젠가 만들어 낼지도 모르는 단 하나의 안타를 기다리면서 말이다. 마음을 다잡고 무엇이든지 새로 시작해 보겠다고 결심했다.

그로부터 한 달이 지난 후 나에게 생산적인 변화의 바람이 불어왔다.

1. 지원 사업에서 탈락한 나는 서점 상주 작가에 선정된 다른 작가님의 사업을 내 블로그에 대신 홍보하며 참가자들을 모았다. 그리고 작가님과 참가자들을 연결해 글쓰기 수업을 할 수 있도록 도왔다. 훌륭한 작가님이신지라 많은 분이 무료 수업에 참여했으면 하는 순수한 바람에서였다. 참가자들의 호응이 너무 좋아서 양쪽 모두에게 예상치 못한 감사 인사를 받았다.

2. 거절된 동화 대신 다른 동화의 초고를 새롭게 써보겠다고 결심했다. 시놉시스를 쓰기 위해 인터뷰를 하고 자료를 찾고 구성도 해보았다. 시놉시스를 몇 번이나 엎고 새로 쓰고, 버리기를 반복했다. 그렇게 만든 시놉시스를 다른 출판사에

보냈다. 이번에는 바로 계약하자는 연락이 왔고, 새 동화 원고를 쓰게 되었다.

3. 전자책은 한 군데의 사이트에 승인이 되었으나 내 생각과 달라서 접을 예정이다. 전자책을 만드는 과정은 의미 있었으나 콘텐츠가 부족했다. 유료 전자책 플랫폼인 프립, 크몽, 탈잉 등에는 실용적인 책들이 주를 이룬다. 나의 콘텐츠는 아무리 봐도 실용적이지 않을뿐더러 전자책으로 유료 판매를 하면 블로그에 올렸던 글들을 비공개로 돌려야 한다는 점이 못내 아쉬웠다. 전자책 만드는 방법을 익힌 것, 새로운 경험을 해봤다는 사실에 만족하기로 했다.

한 달, 단 30일이 지났을 뿐인데 전혀 다른 상황들이 내 앞에 펼쳐졌다. 그러니 석 달 후, 1년 후, 3년 후, 10년 후에는 참 많은 것들이 바뀌어 있을 것이다. 그 생각을 하면 우리가 지금 겪는 불안, 실망, 걱정, 분노나 원망 같은 것들을 조금은 다르게 해석할 수 있으며 때론 가볍게 볼 수도 있을 것 같다.

어차피 시간은 흐르고 현재의 일은 과거로 넘어가게 되어 있다. 현재가 힘이 되는 과거로 잘 자리 잡기 위해서는 매 순간 조금 더 긍정적으로, 즐겁게 사는 방식을 택해야겠다고 생각해본다. 현재를 잘 보듬으며 과거로 보내고, 미지의 미래를 가슴 설레며 맞이하고 싶다. 그렇게 재미나게 살다가 만나게 될 미래의 어느 날은 지금보다 행복할 가능성이 크지 않을까? 나는 앞으로도 헛방망이질하며 숱한 시간을 보내기도 하겠지만, 그래도 싫지 않다. 내 노력이 늘 결실을 맺을 수 없다는 사실도 알지만, 그리 헛되기만 한 것도 아니라는 걸 알게 되었기 때문이다.

현재가 힘이 되는 과거로 잘 자리 잡기 위해서는
조금 더 긍정적으로 즐겁게 살아야겠다고 생각한다.
현재를 잘 보듬으며 과거로 보내고
미지의 미래를 가슴 설레며 맞이하고 싶다.

3장

때론 유연하게
때론 단호하게

내 고민을 바라보면
타인의 고민도 이해된다

　코로나 이후 누군가를 만난다는 것이 조심스러워서 늘 모임을 피하고만 있다. 서로 만나자는 말만 하고 못 만나게 된 분들이 너무 많다. 어떤 지인과는 6개월이 넘도록 만나지 못한 채 약속 날짜만 계속 미루고 있다. 그러다 더는 늦출 수 없어서 몇 사람과 만날 약속을 잡았다. 일정이 맞지 않아서 미루고 미루다가 강화도의 멋진 카페에서 간신히 만난 우리는 자리에서 일어설 때까지 폭풍 수다를 나누었다.

　헤어지는 순간에도 마지막까지 수다의 매듭을 짓지 못했다. 다음에 다시 만나 남은 이야기를 나누자는 약속에 우리 모두 웃고 말았다. 실컷 전화로 수다 떨고 난 후, 못다 한 이야기는 만나서 하자는 우스갯소리와 비슷했기 때문이다. 아쉬움을 웃음으로 대신하며 우리는 행복하게 헤어졌다.

일상에서 누군가의 엄마이고, 아내이고, 며느리이기도 한 우리는 무엇보다 자신을 찾고 싶은 사람들이다. 만나서 나누는 이야기의 절반은 '내가 누굴까? 난 뭘 원하는 걸까? 내가 할 수 있는 것은 무엇일까? 이제라도 내가 좋아하는 것을 찾을 수 있을까?' 등등 자신을 둘러싼 고민들이다. 사춘기 소녀들 입에서 나올 법한 문제들도 중년인 우리 안에 똑같이 다 들어 있다. 그런데 문제를 바라보고 고민하는 그 과정이 나름 만족스럽다.

고민한다는 것은 문제를 해결하고 싶다는 뜻인 거고, 해결 의지가 있는 한 희망도 함께 한다는 뜻이니까 말이다. 내 고민이 커지는 지점에서 타인의 고민과도 조우하게 된다. 고민에 대한 이해의 폭도 커진다. 나에 대해 고민만 하다가 끝내는 것이 아니라 내 친구들의 삶도 더 윤기를 머금을 수 있도록 함께 궁리해 본다. 정확한 해답을 지금 당장 꺼내 놓을 수는 없을지라도 서로의 인생을 위해 의견과 아이디어를 나눌 수 있다는 사실이 기쁘다. 나를 돌아볼 힘이 점차 길러지면, 알게 모르게 타인에게 도움이 되는 일을 할 능력과 여유가 생기기도 한다.

　나는 초등학교 때부터 일기를 썼다. 청소년기에는 쓰다가 말다가 하기도 했지만 내가 그나마 가장 오래 지속했다고 말할 수 있는 것은 '일기와 조각 글쓰기'이다. 쓰는 순간에는 그냥 쓰기만 했을 뿐이다. 뭔가 거창하고 위대한 일이 시작되리라 믿으며 쓴 적은 한 번도 없었다. 하루의 일 중 기억에 남는 것 또는 오랫동안 간직하고 싶은 생각과 감정을 기록했다. 그러다 보면 기억하고 싶지 않은 것, 쓰고 싶지 않은 것도 생각하게 된다. 일기든 조각 글이든, 무엇이 되었든 일단 쓰는 사람에게 돌아봄은 필연적으로 거쳐야 하는 과정이다.

　실망했던 일, 속상했던 일, 고민과 상처가 되었던 일들도 돌아서서 들여다보면 조금씩 정리되는 순간이 온다. 상처가 차츰 아물면서 힘든 기억을 딛고 일어설 수 있는 기운이 생기기도 한다. 내 상처를 극복한 기억과 극복하면서 생긴 힘은 나만 살리는 것에서 멈추지 않는다. 다른 고민과 상처를 지닌 누군가에게로 가서 닿는다. 때론 타인의 고민과 상처가 나를 찾아오기도 한다. 극복한 상처에서 나온 내 경험이 필요한 친구도 있다. 그럴 때면 나는 고민과 상처를 감추지 않고 솔직히 꺼내서 보여준다. 이미 숱하게 고민하고 상처를 닦아내느라 긴긴 고통의 시간을 보내온 나는, 있는 그대로의 나를 드러낸다. 멋진 조언을 들려주며 누군가를 확실하게 위로할 수 있을 만큼의 역량을 갖추지 못한 나는, 그저 찢기고 뜯겨서 얼기설기 꿰매 놓은 지난 나의 상처에 대해서만 얘기할 수 있을 뿐이다.

타인에게 드러낼 수 있는 나의 고민과 상처는 이미 해결되었거나 해결될 수 있다고 믿는다. 자신을 깊숙이 들여다보고 다독이는 과정을 거친 사람은 자신과의 화해가 가능하다. 화해의 기억을 부끄러워하지 않는다. 그래서 타인에게도 기꺼이 자신의 고민과 상처를 꺼내 보여줄 수 있고 그런 과정을 거치며 연대할 수 있게 된다.

우리에겐 아직도 무한한 가능성이 있다는 사실을 믿고 싶다. 아주 조금의 가능성이라도 눈에 보이는 대로 모으고 싶다. 살면서 단 한 번도 거창한 무엇을 바란 적은 없고, 대단한 무엇이 되어서 호령하듯 사는 것을 꿈꿔 본 적도 없다. 작지만 가치 있는 일을 지속하고, 그래서 오늘이 즐거울 수 있다면 그것만으로도 충분하다.

인간관계에서 헤맬 때
나만의 자리 찾기

　친한 후배에게서 오랜만에 연락이 왔다. 후배는 다짜고짜 이
사 가고 싶다며 한숨을 내쉬었다. 무리하여 아파트를 산 후 적
지 않은 돈을 들여서 인테리어까지 새로 했는데 큰일이 생긴 것
이 틀림없었다. 대체 무슨 일이냐는 내 질문에 후배는 그간의
사정을 털어놓았다.

　새집으로 이사를 간 후배는 윗집 사람들과 소통을 하며 지냈
다. 아이들끼리 같은 나이이기도 했고 새로 이사한 동네 물정
도 몰라서 이것저것 묻다 보니 친해진 모양이었다. 괜찮은 이
웃을 만나 운이 좋다는 생각이 들 무렵, 윗집 엄마가 시도 때도

없이 후배에게 연락해오고 찾아오면서부터 문제가 생겼다.

차 마시러 와라, 조조 영화 보러 가자, 엄마들 모임에 같이 가자 등등. 후배는 처음 몇 번은 자리를 함께했는데 모이면 모일수록 아이들 사교육 이야기와 남의 집 이야기만 하는 엄마들이 점점 부담스러워졌다고 한다. 후배는 성격이 유순하고 혼자 조용히 있는 걸 좋아하는 타입이었다. 게다가 자신의 시간이 타인에 의해 이리저리 방해받게 되니 스트레스도 커져만 갔다. 어떤 날은 윗집 사람에게서 전화가 올까 봐 일부러 전원을 꺼놓을 정도였다. 이후 후배의 마음을 눈치챈 윗집 엄마도 전 같지 않게 냉랭한 기운을 내뿜기 시작했다.

"윗집 엄마가 다른 사람들이랑 함께 다니면서 나 싫어하는 티를 얼마나 내는지 몰라."

다 큰 어른들끼리 문제가 생기면 서로 거리를 두고 각자 인생을 살면 그만이다. 그런데 자꾸 신경 쓰이는 상황이 생겨 버린다. 인생이 뜻대로 되지 않는다는 것을 여러 가지 형태로 접하곤 한다. 사람들과의 관계가 틀어지면 꽤 오랜 시간을 고통스럽게 지내게 될 수 있으니 쉽게 여길 문제도 아니다. 얼마 지나지 않아 윗집에서 쿵쾅대는 발소리며, 의자 끄는 소리를 일부러 내기 시작했다고 한다. 후배가 노이로제에 걸릴 지경이라고 하소연하는데, 참 답답하고 안타까웠다.

후배의 얘기를 들으면서 자연스럽게 떠오른 이야기가 있다. 노벨 문학상 수상 작가인 앨리스 먼로의『행복한 그림자의 춤』안에 있는 단편 〈작업실〉이다. 가정주부이자 소설가인 주인공이 글을 쓸 수 있는 공간을 찾다가 생긴 일들에 관한 내용이다. 주인공은 남들이 보기에는 안락한 집을 가지고 있지만, 글을 쓰기 위한 자신만의 공간이 필요했다. 집에서는 해야 할 일들이 계속 눈에 보여 신경이 쓰였기 때문이다.

주인공은 남편의 동의하에 평일 저녁과 주말에만 글을 쓸 수 있는 작업실 하나를 얻게 된다. 그곳에다 타자기, 접이식 책상, 의자, 주전자, 티스푼, 머그컵, 인스턴트커피, 핫플레이트, 탁자를 가져다 놓고 온전히 글만 쓰고자 한다. 그런데 어느 날부터 건물 주인이라는 남자가 주인공의 작업실에 찾아오기 시작한다. 주인공이 작업실에 입주하기 전, 그곳을 병원으로 쓰던 의사의 부도덕한 이야기라든가 궁금하지도 않은 건물주 본인의 이야기를 주절주절 들려준다.

오직 글쓰기에 집중하려고 자신의 물건도 최소한만 챙겨 집을 떠나온 주인공에게 그 남자는 계속 다른 물건들을 가져다준다. 화초, 차를 우리는 주전자, 고급 8각 휴지 케이스, 방석 등등. 그 물건들을 주는 이유는 자연스럽게 주인공의 영역으로 스며들어오기 위함이었다. 결국 〈작업실〉 속 주인공은 남자의 신경을 건드리는 일은 피하는 게 상책이라는 걸 깨달았고, 급기야 그의 눈을 피해 발뒤꿈치를 들고 작업실에 숨어 들어가는 수고까지 한다. 하지만 남자는 매번 1분도 채 안 걸린다며 작업실로 냉큼 들어와 버린다. 주인공은 남자에게 질질 끌려다니는 자신의 물러터짐을 한탄한다.

그러던 어느 날 밤, 주인공이 작업실로 잊은 물건을 찾으러 갔다가 그 남자가 몰래 침입하여 자신의 원고를 훔쳐보는 걸 목격한다. 그 사실을 알게 된 주인공은 매일 작업한 원고지를 집으로 가져감은 물론 아예 작업실 문을 잠근 채 남자의 노크 소리에도 응답하지 않는다.

이에 분노한 남자는 주인공을 몰아세우며 "작업실 옆 화장실에 외설적인 그림을 그린 사람이 '바로, 당신'이 아니냐"라고 묻는다. 게다가 날마다 작업실 문을 잠그고 도대체 누구와 무슨 짓을 하는 기냐며 주인공을 난잡한 사람 취급한다. 마침내 주인공은 짐을 챙겨서 자신이 한때 사랑했던 작업실을 떠난다. 원고를 다듬으면서 그 건물주에 대한 기억을 지워 없애는 것은 자신의 권리라고 생각하는 데서 소설은 끝난다.

소설을 읽을 당시에도, 후배의 얘기를 듣고 난 후에도 사람은 언제 어디서나 '자신만의 자리 찾기'를 끊임없이 하는 존재인가 보다 하는 생각이 들었다. 소설 속 주인공이 소설가로서의 정체성을 위해 집을 벗어나 외부에 작업실을 구한 것도 자신만의 자리 찾기로 보였다. 건물주 남자의 선물 공세와 간섭, 생트집도 소설가와의 관계 속에서 자신만의 자리를 확보하기 위한 몸짓으로 보였다. 새로 이사한 집에서 자기 시간을 갖고 공부하고자 하는 후배도 자기 삶의 자리 찾기를 하는 것이고, 이사 온 후배에게 여러 정보를 제공하고 다른 엄마들 사이에 합류시키려는 윗집 엄마 역시 후배와의 관계에서 우위를 선점하려는 것이다.

사람은 혼자 있으나 타인과의 관계 속에 있으나 자신이 어디에 어떤 식으로 위치할지를 계속 욕망하고 그 사실을 확인하려는 존재인 것 같다. 하지만 사람들과의 관계 속에서 '자신의 자리 찾기'에만 골몰하다 보면 나의 삶 속에서 나만의 자리 찾기는 종종 놓치게 되는 경우도 생긴다. 무엇보다 내 삶 속에서 '내 자리 찾기'를 먼저 이루는 것이 중요하다.

그래서 후배가 손해를 보더라도 이사 가겠다고 할 때, 나는 아무 말도 못 하고 듣고만 있었다. 섣불리 "돈이 아깝지 않아? 그 사람과 화해해 봐"라고 하지 않았다. "그냥 그 사람 무시하고 꾹 참고 살아"라는 말도 할 수 없었다. 윗집 소음에 시달리면서 괴로움을 겪는 것보다 손해를 보더라도 마음의 평화를 느낄 수 있는 자신의 자리를 찾겠다는 후배의 생각에 동의했기 때문이다.

파리 개선문에서
'거리 두기'를 배우다

　대학생 때 프랑스에 간 적이 있었다. 당시는 지금으로부터 거의 25년 전이라 휴대폰이 없었다. 오로지 필름 카메라에 의지해 사진을 찍던 시절이었다. 필름 한 통은 24장짜리거나 36장짜리였다. '살면서 내가 프랑스에 올 일이 또 있겠어?' 하며 사진을 더 많이 찍으려고 36장짜리 필름 십여 통을 가지고 출국을 했었다.

　프랑스 이곳저곳을 여행하면서 특별히 파리는 더 오래 기억하고 싶어 사진을 엄청나게 찍었다. 필름 카메라라서 현상 직전까지는 사진을 미리 볼 수 없었다. 귀국하자마자 사진관에 필름을 맡기고는 한달음에 달려가 사진을 확인했다. 기대와는 달리 사진은 대체로 엉망이었다. 요즘처럼 디지털 카메라나 스마트폰을 이용했다면 화면을 미리 보고 마음에 안 드는 장면을 삭제했겠지만, 당시에는 선택의 여지가 없었다. 찍으면 찍는 대로 잘 찍혔겠거니 생각할 수밖에 없었다.

인화된 사진 중 가장 황당한 사진은 개선문 앞에서 찍은 것이었다. 개선문은 가로세로가 50미터에 달하는 아주 큰 건축물이어서 실제로 보면 근처의 관광객들이 모두 개미처럼 보일 정도로 크기가 어마어마하다. 그때 우리는 고개를 두리번거리고 치켜들기도 하면서 열심히 구경했었다. 또 다른 관광객들처럼 사진도 찍었다. 그런데 이게 웬일인가! 인화한 사진 어디에도 개선문은 보이지 않았다. 죄다 담벼락 앞에서 한껏 폼 잡고 서 있는 친구들 모습뿐이었다.

"사진을 뭐 이렇게 찍었지?"

"개선문은 대체 왜 없는 건데?"

"이거 찍은 사람… 누구야?"

친구들을 번갈아 가며 원망했는데, 사실 그 담벼락 사진이 바로 개선문 앞에서 찍은 거였다. 우리가 벽에 바짝 붙어 서 있었기 때문에 거대한 개선문이 사진 속에 다 담길 수 없었던 것이다.

그로부터 6~7년이 지나 다시 프랑스에 가게 되었을 때 '비련의 담벼락, 개선문'이 떠올랐다. 기필코 이번에는 기막힌 사진 한 장을 건지고야 말겠다고 별렀다. 그런데 일행 중 한 사람이 개선문 쪽으로 가지 않고 그곳에서 멀찍이 떨어진 방향으로 사람들을 안내했다. 영문도 모른 채 투덜대며 그에게 이끌려 한참을 먼 곳까지 걸어갔다. 도착한 곳에서 바라보았더니 한눈에 개선문의 외관이 다 보였다.

그제야 깨달았다. 어떠한 것의 전체 모습은 바짝 붙은 지점, 즉 가까이에서는 결코 볼 수 없다는 사실을 말이다. 20대의 나는 개선문 바로 앞에서 담벼락 일부만을 보았을 뿐이지만, 30대의 나는 온전한 개선문을 한눈에 볼 수 있었다. 개선문으로부터 멀찍이 떨어진 그곳은 달리는 차를 피하고 도로를 지나 꽤 오래 걸은 후에야 닿을 수 있었다. 거기에서 나는 일정 수준의 거리가 반드시 확보되어야만 사물이든, 사람이든 그 실체를 온

전혀 볼 수 있다는 것을 느꼈다.

그 후 20년 가까이 때론 거리 두기에 성공하기도 하고 실패하기도 하며 살아왔지만, 개선문 앞에서의 깨달음은 잊지 않았다. 사람은 무수히 많은 시행착오를 겪으면서 성장해 나가기 때문에 깨달은 것을 항상 실천하지 못한다고 해서 깨달음 자체가 없어지는 것은 아니다. 너무 가까이 있으면 모든 것이 들러붙어 형태가 이지러져 보일 수 있다. 그러므로 적당한 간격 유지, 거리 두기가 온전한 형태를 지키기 위한 최선책일지도 모른다는 생각이 든다.

주방 벽에 붙어 있는 우리 집 식탁은 딸아이와 앉아서 책을 읽는 용도로 사용해 왔다. 그러다 문득 '우리는 날마다 벽 앞에만 앉아 있었다'라는 사실을 알게 되었다. 그전까지 신경도 쓰이지 않았던 벽이 갑자기 답답하게 다가왔다. 어느 날 오후, 혼자서 낑낑대며 식탁을 끌어다 거실 유리창 앞에 새로이 자리를 마련해 주었다. 그랬더니 보이지 않던 바깥세상이 창 너머로 성큼 다가왔다. 멀리 바다도 보였다. 몇 년째 살던 집에서 새로운 세상 하나를 발견해 낸 것이다.

그러면서 또 하나를 깨달았다. '날마다 살피고 관심을 두지 않으면 기존의 것들이 변형되어도 모를 수 있겠구나' 하는 사실을 말이다. 식탁 좌우가 3센티미터나 차이가 날 정도로 기울어져 있었는데, 이전에는 전혀 알지 못했다. 식탁이 주방 벽 앞에 바짝 붙어 있었기 때문이다. 그런데 거실 창가로 옮겨와 멀찍이 떨어져 바라보니 기울어짐이 한눈에 보였다. 원인도 알아냈다. 오랜 시간 과도하게 쌓아 올린 책들의 무게를 식탁이 견뎌내지 못했던 것이다. 앞으로는 당장 읽을 한두 권만 식탁에 올려놓기로 했다.

거리 두기를 하지 않았다면 우리 집 식탁은 오늘도 한쪽으로 조금씩 조금씩 기울어졌을 것이다. 삶도 그렇다. 어느 한쪽으로 과도한 치우침이 없게 하려면 자주 들여다보고, 띄엄띄엄 보기도 하고, 가끔은 멀찍이 떨어져 보기도 해야 한다. 제대로 보려면 그 방법밖에는 없을 듯하다.

부탁과 거절 사이에서
중심 잡기

　나는 거절을 잘 못한다. 그래서 사람들의 부탁을 대부분 들어주면서 살아왔다. 내가 해야 할 일도 뒤로 미루고 부탁받은 일을 먼저 처리한 적도 꽤 많다. 실속 없이 산다고 주변의 구박을 받아서 다시는 그러지 말아야지 했다가도, 누군가가 부탁을 해오면 여지없이 마음이 흔들린다.

　'나는 왜 거절하지 못할까' 하고 생각해 본 적이 있다. 내가 특별히 착해서라기보다 우유부단해서였던 것 같다. 누군가 내게 부탁을 했는데 내가 야멸차게 거절하면 상대방은 얼마나 상처받을까? 괜스레 나를 미워하고 험담이나 하지 않을까? 이런 생각들 사이에서 왔다 갔다 하다가 부탁을 들어주는 쪽으로 마음을 정해버리곤 했다.

사실 부탁을 거절했다고 나를 미워하고 험담할 정도의 사람이라면, 내가 그 부탁을 들어주었다고 해서 나를 더 좋아하거나 고마워할 리도 없다. 또 내가 부탁받은 일을 거절해서 상대방이 상처받을 거라는 생각은 굉장히 자기중심적인 착각에서 나온 것이다. 내가 누군가에게 부탁했다가 거절당했을 때 그 일을 상처로 받아들인 기억에 매달려 있었기 때문일 거다. 그러므로 부탁과 거절에 관한 내 생각을 분명히 정리해야 할 필요가 있었다.

누군가에게 부탁해서 거절당했을 때 마음을 다치지 말 것. 상대방에게 내 부탁이 거절당한 것이지, 내 존재 자체가 부정당한 건 아니라고 생각할 것. 또 인품에 의심이 드는 사람이 하는 부탁까지 일일이 신경 쓰지 말 것. 내 노력과 시간을 들여 상대방을 도왔음에도 불구하고 감사의 인사조차 진심인지 아닌지 모호하게 하는 사람이라면 더 이상의 부탁을 들어주지 말 것. 이런 다짐으로 나는 부탁과 거절 사이에서 중심을 잡으려 애쓰며 마음 다치는 일을 줄여나갔다.

착한재벌샘정님의 책 『꿈틀꿈틀, 오늘도 자유형으로 살아갑니다』를 보다 갑자기 웃음이 났다. 처음 듣는 욕 같은 단어 하나를 만났기 때문이다. '존넨쉬름'. 독일어로 햇빛을 가리는 양산을 뜻한다. 또 '거절'이라는 꽃말을 지닌 장미의 이름이기도 하다. 독일 장미 존넨쉬름이 내포한 거절의 의미대로 너무 싫은 일과 사람에게는 당당하게 '존넨쉬름' 꽃다발을 들이밀며 거절할 줄도 알아야 한다는 작가의 말이 와 닿는다. 적당히 거절할 줄 알아야 거절당해도 상처받지 않고, 그 시간을 아껴 나와 여러 면에서 잘 맞는 진짜 인연을 만날 기회도 늘릴 수 있을 것이다.

거절을 못해서 부탁받은 일들을 머리에 이고 고민하며 사는 대신 나에게 집중하며 내가 사랑하는 사람들을 더 많이 사랑하며 살고 싶다. 그렇게 살다 보면 내 삶의 중간중간에 *별 터지는 느낌을 더 자주 경험하게 되지 않을까?

---

* 샴페인을 처음 만든 사람이 샴페인의 맛은 입안에서 별이 터지는 느낌이라고 말했다고 한다. 샴페인을 여러 번 마셔 봤지만 한 번도 그렇게 느낀 적은 없었다. 아마도 샴페인 맛을 몰랐기 때문이었을 거다. 하지만 이젠 샴페인을 마시지 않아도 살면서 별이 터지는 느낌이 뭔지 어렴풋이 알 듯하다. 내 인생의 구석구석을 환하게 밝혀 줄 별들이 축제하듯 팡팡 터지는 그런 느낌 말이다.

신뢰할 만한 사람을
신뢰하는 것도 능력이다

대인관계에서 신뢰할 만한 사람을 찾고, 신뢰하는 것도 능력이라는 생각이 든다. 나는 이 능력이 모자라서 젊은 날 아무나 쉽게 믿는 바람에 꽤 골치 아픈 대가를 치렀다. 그럴 땐 '내가 왜 그 사람을 믿었을까?' 땅을 치며 후회하곤 했다. 그러나 돌아서서 또 다른 사람을 쓸데없이 믿고 있는 나를 본 친한 친구가 이런 결론을 내려 주었다.

"넌, 그거 고질병이야. 못 고쳐. 아마 늙어도 간간이 속으면서 그렇게 살 거다."

친구에게 악담하지 말라고 했지만, 신뢰할 만한 사람도, 믿지 못할 사람도 번갈아가며 나를 찾아왔다. 그 속에서 헤매는 사이, 믿음을 배반하지 않을 만한 사람을 보는 눈이 조금은 커진 것 같다.

얼마 전 후배가 짜증나는 사람에 대해 이야기하면서 "내가 너무 속이 좁은 걸까?" 하고 물었다. 짜증 유발자는 후배의 친구인데 매번 약속을 잘 안 지킨다고 했다. 예를 들면, 물건을 빌려주기로 약속하고는 그 말을 한 사실조차 잊어버리거나, 차일피일 미루면서 안 빌려주는 식이다. 그럴 거면 애초에 빌려준다는 말을 하지 않으면 되는데, 사람 많은 데서는 인심 좋은 것처럼 보이려고 호언장담해 놓고 뒤에서는 언제 그랬냐는 듯 무심하게 행동한다는 것이다. 또 후배를 도와주겠다며 큰소리치고는 막상 그 날짜가 되면 연락조차 안 되고 나중에 가서야 궁색한 변명을 늘어놓는다고 했다.

생색은 내면서 신의는 저버리고, 도움과 배려는 받아 놓고서 그런 적 없는 것처럼 모른 척하고, 후배의 잘못은 칼같이 지적하면서 자신의 행동은 무례한 사람이었다. 후배는 나에게 오랜 세월 알아 온 그 친구를 어떻게 해야 하냐고 물었다.

"이미, 답이 나왔잖아. 너의 진심을 어떤 유형의 사람에게 주고 싶은지는 네가 더 잘 알잖아?"

대인관계에서는 상대방을 진지하게 판단해야 하는 순간이 올 때가 있다. 그때 판단 기준은 단 하나다. 신뢰. '그 사람은 믿을 만한가? 내 믿음을 배반하지 않을 만한 사람인가?' 이 물음에 대한 대답이 긍정적이라면 서로 알고 지낸 세월의 길이와는 상관없이 친구가 될 수 있다고 생각한다.

우리는 모두 한정된 시간, 한정된 에너지로 살아간다. 정해진 시간과 에너지를 될 수 있으면 의미 있게 사용했으면 한다. 내가 만약 이성적이고 합리적이고 양심적인 사람이라면 누군가의 도움과 배려에 감사할 줄 알 것이다. 마찬가지로 내가 누군가에게 준 도움과 배려로 인해서 돌아오는 대가나 대접도 당당히 받을 줄 알았으면 좋겠다.

남은 대접해 주면서 나는 홀대받고 돌아다니는 삶, 이미 가치 없어져 버린 관계에 계속 미련을 두는 삶, 내 존재를 초라하게 만드는 사람과 자꾸 시간을 나누려는 삶에서 벗어나야 한다. 그 시간과 에너지를 아끼고 모아 두었다가 나의 진심을 믿어 줄, 믿을 만한 사람이 나타났을 때 내보여야 한다. 그래야 덜 후회하고 덜 상처받게 된다.

공자는 "더불어 말할 만한데 말하지 않는 것은 그 사람을 잃는 것이고, 더불어 말할 만하지 않은데 말하는 것은 그 말을 잃는 것이다"라고 했다. 아무한테나 나의 신뢰를 함부로 내어 주지 않겠다는 결심으로 신중히 행동하다 보면 좋은 사람이 나타났을 때 재빨리 알아보고 인연을 맺을 수 있을 것이다.

나의 신뢰를 아무것도 아닌 양 무시하는 사람은

나의 대인 관계 목록에서 가차 없이 지우는 결단력도 필요하다.

그런 사람까지 챙겨가며 인생의 귀중한 한때를

낭비하지는 않았으면 한다.

그건 순전히
인격에서 우러나온 일

　예전에 한 매체의 부탁으로 원고를 써서 보낸 적이 있었다.
애초에 적은 원고료였지만 부탁받은 일인지라 정성껏 글을 썼
다. 원고료는 통장으로 보내 준다고 했는데, 알아서 넣어 주겠
거니 하며 따로 확인하지 않았다. 그런데 몇 달이나 지나 다른
은행 업무를 보다가 원고료가 지급되지 않았다는 사실을 알게
됐다. 담당자에게 한두 번 문자를 보냈지만, 답이 없었다. 답 문
자 하나 보낼 마음 없는 사람에게 전화하거나 문자를 새로 남기
고 싶지는 않았다. 원고료는 받지 못했고, 그것으로 끝이 났다.
　나는 유사한 상황이 생기면 손해 보는 쪽을 택한다. 일찌감

치 포기하고 더 이상 미련 두지 않는 것으로 마음을 정리한다. 살면서 많은 경험을 하게 되고 그때마다 깨달음이라는 별을 가슴속에 하나둘 심는다. 나를 하찮게 생각하는 누군가에게 에너지를 낭비하지 않겠다고 다짐도 해본다.

사람들은 내게 '답답하다, 바보 같다, 제 몫도 못 챙긴다, 그렇게 살면 안 된다'라고 조언하지만, 그때마다 나는 속으로 생각한다.

'대신 그 예의 없는 사람은 나를 잃게 됐잖아.'

내가 대단한 사람이라서 하는 이야기가 아니다. 믿어 주었다면 그 믿음을 배신하지 않을 나 같은 사람을 돈 몇 푼 때문에 잃게 된다면 그게 더 바보 같은 짓 아닐까?

나는 지급되지 않은 원고료로 의뢰자의 인격을 알게 되었다. 덕분에 그런 사람과 두 번 다시 일하지 않을 수 있게 되었고 또 그런 부류의 사람과는 인연을 맺지 않을 눈도 갖게 되었다. 그 현명한 눈으로 나를 가치 있게 대해 주는 다른 누군가를 만날 수 있으니 괜찮다.

『88연승의 비밀』에도 내 이야기와 비슷한 내용이 나온다. 수많은 사람의 롤모델로 알려진 저자 존 우든 감독은 88연승과 승률 80.4퍼센트의 경이로운 기록을 가진 명실상부한 세기의 감독이다. 그는 일을 막 시작했을 무렵, 부수입을 얻기 위해 인디애나주의 카우츠키라는 준프로 농구팀에서 주말마다 선수로 활동했다. 워낙 선수로서의 기량이 뛰어났던 터라 자유투 성공률이 높았다. 그런데 100번째 자유투를 성공시킨 어느 날, 갑자기 농구팀 구단주가 심판에게 경기 중단을 지시했다. 그러더니 코트로 가서 100번째 자유투 성공을 축하하며 존 우든에게 100달러짜리 새 지폐를 주겠다고 약속했다. 계약서에는 없던 보너스였다. 존 우든 감독은 그 일을 두고 "그건 순전히 그의 인격에서 우러나온 일이었다"라고 말했다.

몇 년 후, 존 우든 감독은 카우츠키 팀에서 다른 팀으로 소속을 옮겼다. 보수는 이전과 같은 경기당 50달러였지만 이동 거리가 가까웠기 때문이었다. 가족과 더 많은 시간을 보내기 위해서 내린 어쩔 수 없는 선택이었다. 새로 옮긴 팀에서 원정 경기를 치르던 날, 존 우든 감독은 엄청난 눈보라를 뚫고 목숨까지 걸어가며 간신히 경기장에 도착했다. 전반전은 몇 점 차로

뒤진 채 이미 끝나 있었다. 그러나 후반전에 합류한 존 우든 감독의 맹활약으로 역전승을 거뒀다. 새 구단주는 기뻐하며 존 우든 감독에게 보수를 지급했지만, 전반전을 뛰지 못했다는 이유로 후반전 경기료 25불만을 주었다. 화가 난 존 우든 감독은 전반적 경기료 25불과 다음날 마지막으로 남은 경기 보수 50불을 당장 지급하지 않으면 관두겠다고 말했다. 결국 구단주로부터 자신의 보수를 전부 받아낸 존 우든 감독은 마지막 경기를 우승으로 이끈 후 어떤 행동을 했을까? 인격을 갖춘 구단주가 있던 예전 팀, 카우츠키로 돌아갔다.

이유는 단 하나였다. 구단주 카우츠키 씨는 팀을 위해 헌신하는 존 우든 감독을 존중해 주는 사람이었기 때문이다. 존 우든 감독은 이때 경험을 통해 인격이 리더십에 얼마나 중요한 요소인지를 깨닫게 되었다고 한다. 오랜 세월 유능한 선수와 감독으로 살아오면서 수많은 사람과 만나고 헤어지는 과정을 거쳤을 존 우든 감독. 인격과 실력 면에서 명장 중의 명장으로 통하는 그가 말했다. 당신이 어떤 가치관을 가진 사람인지 분명히 보여주라고. 그러면 비슷한 원칙과 규범, 행동 기준을 가진 사람이 가까이 다가오게 된다고 말이다. 어리석은 구단주에게

25불을 내놓으라고 당당히 말했던 그의 용기와 결단력은 내가 본받고 싶은 모습이기도 하다. 나도 내가 보여주는 정성을 가치 있게 여기지 않는 사람과의 관계에 연연하며 살지는 않을 것이다. 나머지 인생 후반전을 괜찮은 사람으로 살고 싶은 이유는 아직 만나지 못한 좋은 사람들과 새롭게 인연을 맺고자 하는 열망이 크기 때문이다.

우리의 헌신을 헌신짝처럼 취급하는 누구와도 엮이지 않는 것. 그게 바로 우리의 가치관과 인격이 어떠한지 분명히 보여주는 일일 것이다. 좋은 사람들과 바람직한 관계를 맺으며 올바른 방향으로 살아가고 싶다. 우리를 귀하게 여겨 주는 사람들과 소중한 인생을 함께 가꾸어 나가는 것. 이것이야말로 성장의 다른 이름이 아닐까?

배신 앞에
힘들어하는 당신에게

얼마 전 선배 언니가 나를 보자마자 울먹거렸다. 직감적으로 '무슨 일이 일어났구나' 생각했다. 언니는 지인의 권유에 따라 상가와 토지에 투자했다가 돈이 묶여 버린 상황이었다. 또 믿었던 사람에게 돈을 빌려주고는 받지도 못한 채 속만 끓이는 시간을 보내야 했다.

세상 물정 모르고 오로지 열심히 일해서 성실하게 사는 언니에게 이런 일이 있을 때마다 잔소리를 늘어놓게 된다. 사람 사이에 돈이 거래되는 순간, 그 관계를 지속하기는 쉽지 않다. 빌린 사람은 아쉽고 급해서 빌렸겠지만 약속한 때에 갚지 않으면,

돈을 빌려준 사람 속은 그야말로 지옥이 되고 만다. '돈은 앉아서 빌려주고 서서 받는다'라는 옛말이 틀린 게 없다. 그 정도로 아는 사람끼리의 돈거래는 힘든 일이다. 그래서 굳이 그 힘든 돈거래를 하며 관계를 어렵게 끌고 가려는 사람들을 볼 때면 안타깝다.

나 역시 젊은 날, 믿었던 친구들에게 돈을 빌려주고 받지 못한 경험이 있다. 돈만 잃었으면 그나마 다행인데, 결과적으로는 돈과 사람 모두 잃어버렸던 터라 선배 언니를 나무랄 자격은 없었다. 다만, 선배 언니는 나와는 비교되지 않을 수준의 큰돈을 잃어서 후유증이 더 컸다.

언니가 울먹거린 이유는 믿었던 사람의 뜻밖의 행동 때문이었다. 친하게 지내며 왕래하던 옆 건물의 주인이 자신의 건물에 선배 언니와 같은 업종의 가게를 입점시켜 버린 것이 화근이었다. 언니의 영업에 심각한 타격을 줄 거라는 걸 뻔히 알면서도 그런 결정을 내린 건물주에게 서운함이 들 수밖에 없었다.

"나한테 친한 척이나 하지 말지… 믿었던 사람한테 배신당했다는 사실도 슬프지만, 계속 이런 일이 생기는 게 너무 속상해."

언니는 내게 하소연을 했다. 사람을 믿고 인간관계에 최선을 다하려 했던 것뿐인데, 스스로 자책하는 언니의 모습을 보니 덩달아 내 마음도 좋지 않았다. 이런 일이 번번이 일어나면, 사실 사람을 믿는다는 것 자체가 어려워진다. 사람을 바라보는 마음이 이미 왜곡되어 버렸을 테니까 말이다.

얼마 전에 연근 조림을 하면서 상한 부분을 조금 잘라 내고 냄비에 담아 불 위에 올린 적이 있다. 바글바글 끓고 있는 연근이 해골 같기도 하고, SF 영화에 나오는 외계인 같기도 했다. 불위에서 끓기까지 하니 지옥 불에 떨어진 해골들과 외계인의 아비규환처럼도 보였다.

그날 오후 지하 주차장에 내려갔다가 바닥에 흐른 물 자국을 보았다. 장애인 주차 구역에 우연히 물이 흘러내리면서 만들어진 모양이 특이했다. 바닥에 그려진 휠체어 탄 사람 위에 생긴 하트 모양의 물 자국을 보며 '모든 것은 마음이 지어내는 일, 일체유심조'라는 생각이 들었다. 흘러내린 물의 흔적이 예뻐서 휴대폰 카메라에 담으려고 사진의 각도를 잘 잡아 보았다. 그랬더니 휠체어를 탄 사람 머리 위에 생긴 물 자국이 진짜 하트처럼 보였다.

선배 언니가 믿지 못할 사람에게 배신당한 경험을 훌훌 털어버리고 이제는 믿을 만한 사람을 잘 선별할 수 있었으면 좋겠다. 배신당했던 일들을 곱씹으며 자신을 탓하느라 행복할 수 있는 이 순간마저 슬프게 보내지는 않았으면 좋겠다.

나는 모든 게 비교적 마음에 달려 있다고 믿는다. 마음을 먹는다고 세상 모든 일을 다 해낼 수는 없겠지만, 일정 부분은 해결하면서 살 수 있다고 믿는 편이다. 이왕이면 세상을 사랑 가득한 눈으로 바라보되, 선한 사람과 악한 사람을 구분해내는 눈도 키우고 싶다. 그렇게 내 마음이 조금 더 단단해져야 누군가 다가와서 거세게 흔들어 대도 꿋꿋하게 살아갈 수 있지 않을까?

무엇인가를 바라볼 때 해골을 떠올리기보다는 하트를 상상할 줄 아는 눈이 지금 우리에게는 더 필요하다는 생각이 든다. 세상 많은 배신자를 만났다고 해서 슬퍼할 것도 없다. 많은 배신자들을 뒤로하고 이 자리에 섰으니, 앞으로는 정말 좋은 사람들을 만날 일만 남았다.

인연을 끝내기엔
너무 아깝지 않아?

미국에서 코로나 19 확진자 수가 급증할 때, 맨해튼 중심에 살며 날마다 센트럴파크를 지나다니는 친구가 걱정이 되었다. 카톡으로 친구에게 안부를 물었는데 그녀는 이미 뉴욕 근처 롱아일랜드로 피신해 있었다. 맨해튼의 집값은 살인적이어서 규모가 작은 집에 거주하며 근처 롱아일랜드에 더 큼직한 세컨드 하우스를 가지고 있는 사람들이 꽤 많다고 했다.

친구 역시 결혼 후 그런 방식을 택했다. 친구와 남편은 둘 다 건축과 교수인데, 한적한 롱아일랜드에 자신들이 설계해 집을 짓고, 뉴욕이 번잡스러울 때나 긴 방학 기간엔 그곳에서 시간을 보냈다. 코로나 창궐로 인해 뉴욕 시민들은 거리를 비우고 집에 틀어박혀 지내거나 인근 어딘가로 대피했다고 한다. 그녀는 뉴욕의 거리가 그렇게 한산한 것을 20년간 살면서 처음 봤다며 신기해했다.

친구는 대학 졸업 후 손꼽히는 건축 설계 사무소에 입사해 경력을 쌓다가 홀연 미국 유학을 택했다. 그때 아이비리그로 간다고 했는데, 당시의 나는 그게 뭔지 몰라서 무슨 야구 리그전을 말하는 건가 했다. 나중에 친구가 아이비리그 중 한 곳의 대학원에 입학했다는 사실을 들었을 때 엄청 충격을 받았다. 솔직히 배가 많이 아팠던 것 같다. 미국 내에서도 알아준다는 명문대로 공부하겠다며 떠난 그녀를 질투했다. 나는 못나게도 친구의 새로운 인생을 겉으로만 축하하고 속으로는 질투하던 찌질이였다.

친구를 처음 만난 건 대학에서였다. 둘 다 제때 입학을 못 했다는 공통점이 있었다. 우리는 몇 년씩 재수, 삼수 생활을 했지만 끝내 실패하고 마음에 들지 않는 대학에 후기 분할(30년 전 대학 입시에는 전기 때 입학생들을 다 뽑지 않고 몇 명씩 자리를 비워 둔 후, 후기 때 경쟁률을 높여 뽑는 제도가 있었다)로 입학을 했다.

그때 나는 호시탐탐 자퇴의 기회를 엿보고 있었는데, 어느 날 고등학교 연합 동문회 친구들이 우르르 몰려와 친구 하자며 손을 내밀어 주었다. 나이가 많아 과에서는 누구와도 친해지고 싶지 않았던 내게 그들이 먼저 다가와 준 것이다. 내가 그들과 흔쾌히 친구가 된 이유는 녀석들의 환대 방식에 마음이 움직여서였다. A4용지 여러 장에 글자를 인쇄한 뒤 플래카드를 만들어 내가 수업 듣는 강의실 복도 벽에 붙여 놓았다.

알고 보니, 그 대학에 입학한 여자 사람 동문은 거의 5년 만에 내가 처음이어서 그토록 환대해 주었다고 했다. 나를 찾아온 친구들은 하나같이 공대생 남자들이었는데, 나중에는 술 한잔하며 마음이 통해서 그냥 친구가 되었다. 그 후 남사친들이 괜찮은 애 한 명을 소개해 주었는데, 그 애가 바로 훗날 아이비 리그로 떠난 그녀였다. 사실 그녀는 우리 동문회 일원도 아니니 같이 놀아야 할 아무런 이유가 없었는데 공대에는 드문 여학생이어서 남학생들에게 추앙받고 있었다. 그녀의 미모가 한몫한 것은 두말할 나위가 없었다.

대학 시절 내내 그녀는 은근히 내게 신경 쓰이는 존재였다. 그녀는 오빠 하나를 둔 부잣집 외동딸이었고, 명석한 데다 예쁘기까지 했다. 패션 감각도 좋았다. 나 역시 대학 시절 내내 멋을 부리고 화장을 하고 손톱 칠을 했다. 어떤 것에서도 그녀에게 밀리고 싶지 않았던 나는 시험 때도 밤을 새워 공부했고, 늘 좋은 성적을 유지했다. 대학에 가자마자 성에 차지 않는 학교와 학과라며 자퇴하려 했던 내가 조기 졸업을 할 수 있었던 데에는 그녀와 남사친들의 덕이 컸다. 그들이 없었다면 아마도 나는 둘 중 하나를 선택했을 가능성이 크다. 학교에서 도망쳤든지, 학교는 다니면서 술만 먹고 놀았든지.

그녀가 아이비리그로 떠난 후에야 그녀에 대한 나의 감정을 알 수 있었다. 질투심을 포함한 우정이었다. 온전한 우정이 아닌 조금의 질투가 남아 있었기에 나는 뉴욕으로 떠난 그녀가 내 인생에서 곧 사라질 거라고 생각했다. 안 보면 멀어지는 건 인지상정이니까. 그렇게 그녀는 언젠가 내 친구 목록에서 소리 소문 없이 자취를 감출 사람이라고 여겼다.

그러나 그로부터 20여 년이 흐른 지금까지도 그녀는 내 인생에서 사라지지 않고 남아 있다. 그녀는 카톡으로 안부를 주고받다가 뜬금없이 페이스 톡을 하자며 영상통화를 걸어온다. 감출 것도 없는 서로의 얼굴이 휴대폰 화면에 그대로 드러난다.

"나 머리도 안 감았는데, 왜 영상통화를 하자고 그래?"

"나는 씻었겠니?"

우리는 그렇게 뻗친 머리에 꾀죄죄한 얼굴로 휴대폰 앞에 앉아 스피커를 켜고 대화를 나눈다. 자주 연락하지 못한 지난 시간이 무색하게 웃고 떠든다. 서로 떨어져 지낸 세월을 뛰어넘어 깨져버릴 듯한 우정을 붙잡고 어떻게 여기까지 올 수 있었을까? 서로의 적나라한 모습도 아무렇지 않게 보여줄 정도의 우정을 어떻게 간직할 수 있었을까? 사실 그녀와 나는 다른 점이 많다. 일단 그녀는 사소한 건 거의 다 잊고 중요한 일만 생각하는 타입인데, 나는 사소한 것에 연연하느라 중요한 걸 놓치는 스타일이다.

내 성격은 좋게 말하면 섬세하고, 나쁘게 말하면 쪼잔하다. 코드가 맞는 사람이라는 확신이 들면 상대방에 관한 모든 것을 파악해서 일일이 챙겼다. 반면 그녀는 친한 사람의 생일조차 곧잘 잊어버렸다. 나는 30분 전부터 약속 장소에 가 있었던 반면 그녀는 30분이 지나서야 나타나곤 했다. 처음 만났을 때 그녀의 사소한 행동이나 습관들이 마음에 들지 않았다. 그때 우리는 다 미숙했는데 특히나 나는 그녀에게 더 엄격한 잣대를 들이밀었던 것 같다.

연애 시절 남편에게 그녀를 향한 못난 마음을 드러내곤 했었다. "뭐, 다시 그 애를 볼 일이 있겠어? 미국 가서 혼자 잘 살겠지" 등의 빈정거림을 부끄러운 줄도 모르고 막 뱉었다. 그때 남편이 내게 해준 말이 있다.

"인연을 끝내 버리기엔 그 친구가 너무 아깝지 않아? 좋은 사람이잖아. 그렇게 놓쳐 버리기에는 훌륭한 사람이라는 거, 너도 알잖아."

그 얘기를 듣는 순간, 비로소 그때까지 친구에게 섭섭했던 기억들은 그다지 중요한 것이 아니라는 걸 깨달았다. 그녀의 작은 실수에 골몰하여 흠집 내고 관계를 끊어 버리는 우매한 행동은 하지 않았다. 그녀에게는 내가 배우고 본받아야 할 좋은 면이 넘치도록 많았으니까.

그 후 나는 그녀가 한국에 올 때마다 만났다. 동창들과 함께 술을 마신 날은 우리 집에 데려와서 재웠다. 그리고 맛은 없지만, 밥도 해 먹였다. 그녀가 좋아하는 생채 무침을 해주려는 데 설탕이 떨어져서 자는 그녀를 깨워 편의점으로 내보내기도 했다. 나는 나보다 요리를 못하는 그녀 앞에서 온갖 생색을 내며 잘난 척했고, 그때마다 그녀는 "너는 반찬까지 잘 만드냐"며 실없는 소리를 해댔다. (그녀는 미국에서 늘 쫓기듯 공부하며 지내서 제손으로 한국 음식을 만들어 먹은 적이 서의 없는 굶주린 아수의 상태였다. 돌도 씹어먹을 지경이라서 내가 만든 맛없는 음식들도 꾸역꾸역 잘 먹어주다가 미국으로 돌아가곤 했다) 그녀가 약혼자와 한국에 들어와 결혼식을 올렸을 때도, 몇 해 뒤 그 부부가 잠시 귀국했을 때도 나는 남편과 함께 두 사람을 차에 태우고 서울 일대를 구경시켜주었다. 그녀는 몇 년에 한 번씩 한국에 올 때마다 꼭 우리 집에서 자고 가며 내 남편과 합심하여 내 흉을 보고 간다.

코로나 사태로 롱아일랜드에 갇혀 지내는 그녀가 언제 또 한국에 올지 모르겠다. 이미 30년 가까이 알고 지낸 우리는, 삶에서 산전수전 공중전을 겪어 낸 탓에 엄청난 목표를 세우며 살지는 않는다. 각자의 자리에서 '아프지 말고 건강하자'라고 덕담만 할 뿐이다. "단백질 보충을 위해 고기를 꼭 먹어라, 싫으면 계란이라도 삶아 먹어라, 영양제도 먹어라" 하며 서로의 먹거리와 건강을 챙긴다.

삶이 뜻한 대로 흘러가지 않더라도,

중간중간 나를 지켜보고 함께해준 벗이 있다는 사실에

마음이 따뜻해진다.

나는 더 이상 그녀를 질투하지 않는다.

그녀가 건강하게 지내며 자신의 분야에서 두각을 나타내기를

진심으로 응원한다.

세상 모든 사람은 자신에게 맞는 나름의 답안지를 가지고 있다.

거기에 오답도 썼다가 정답도 쓴다.

지웠다가 고쳐 쓰기를 반복한다.

모범 답안지를 놓고 그대로 베끼는 삶이란 없다.

4장

지금 그대로,
애쓰지 않아도
괜찮습니다

내 마음속
습기 제거하기

　비가 많이 오면 홍수가 나고, 적게 오면 가뭄이 드는 것처럼 감정도 그런 것 같다. 슬픔이든 기쁨이든 차오르다가 넘쳐 버리고 메마르다가 바닥을 보이기도 한다.

　몇 년 전 감정을 다스리는 데 능숙하지 못해 마음속이 날마다 홍수가 난 것처럼 슬픔으로 채워지던 때가 있었다. 그땐 울어도 울어도 눈물이 그치지 않았다. 여름날이었다. 울어서 더 더웠던 것 같기도 했고 한편으론 울기만 하느라 더운 여름이 빨리 끝난 것 같기도 했다. 지나고 보니 온도에 대한 느낌은 하나도 기억나지 않는다.

덥고 안 덥고는 나한테 중요한 문제가 아니었다. 오직 많이 울었다는 기억만 있을 뿐이다. 가슴속에 슬픔의 비가 내리는 날은 한없이 우울해서 가라앉게 된다. 몸 자체가 솜뭉치가 된 것마냥 무겁고 처져서 일으켜 세울 수조차 없다. 그러다 보면 바닥과 몸이 경계를 넘어서 하나가 된다. 누인 몸이 바닥으로 스며들어 땅끝 어딘지도 모를 그곳을 향해 꺼져버릴 듯하다.

자신이 느끼는 감정에 필요 이상으로 몰입하다 보면 거기에서 빠져나오기가 어렵다. 슬프면서도 우울하고 아프면서도 분한 감정들은 물기를 가득 머금고 있기 때문이다. '내 안에 차오르는 슬픔이 흘러넘치지 않으려면 무엇을 해야 할까?' 해결책을 찾으려 질문해 보았지만 답이 떠오르질 않았다. 슬픔에 찬 여름 한때 나는 일부러 수박을 먹지 않았다. 물기 많은 과일을 먹으면 그 물기까지 눈물로 쏟아내게 될까 봐 싫었다.

그토록 힘들었던 순간들도 차츰차츰 잦아들더니 어느덧 내게서 멀리 도망가 버렸다. 이제 나는 수박을 사는 데 주저함이 없다. 수박을 사오자마자 두꺼운 껍질은 전부 벗겨내고 새빨간 속만 잘라서 유리그릇에 보관한다. 얼마 전 사온 수박 껍질이 유난히 두꺼웠다. 껍질을 버리려고 하니 2리터짜리 음식물 쓰레기 봉투 5개가 있어도 모자랄 지경이었다.

게다가 물기는 어찌나 많던지 하는 수 없이 신문을 두껍게 깔고 그 위에 수박 껍질을 차곡차곡 얹어 놓았다. 그러자 신문이 물기를 빨아들이면서 껍질의 부피가 조금 줄어들었다. 수박 껍질이 과자처럼 바삭해지거나 참외 껍질처럼 얄팍해지는 드라마틱한 변화는 일어나지 않았지만, 넘치던 수분이 사그라든 모습을 보면서 그 정도만 되어도 꽤 괜찮다고 생각했다.

일단 껍질 어디에서도 물 한 방울 떨어지지 않아서 좋았다. 강력하고 딱딱하던 껍질도 신문에 수분을 빼앗겨서인지 유연해졌다. 대신 신문은 축축하게 젖어서 묵직하게 변해 있었는데, 그 모습을 보면서 문득 '신문이 수박의 슬픔을 함께 나눴구나' 하는 생각이 들었다. 함께한다는 것은 무엇이든 나눈다는 의미이고 나눈 것을 기꺼이 짊어진다는 뜻이니까. 물론 수박은 절대 슬픈 일 따위는 없었다고 주장할 테지만, 신문과 수박을 본 순간 내 생각은 그랬다.

"운다고 달라지는 일은 아무것도 없겠지만 그래도 같이 울면 덜 창피하고 조금 힘도 되고 그러겠습니다"라던 박준 시인의 말에 고개를 끄덕이게 된다. 같이 울어 주고 눈물 닦아 줄 누군가가 곁에 있다면 그것만으로도 행운이다.

재작년에 산 에어드레서를 보면서도 비슷한 생각을 했다. 옷의 먼지를 제거해 주는 에어드레서에는 제습 기능도 있다. 어쩌다 한 번씩 붙박이장 문을 열고 에어드레서의 제습 버튼을 누르면 설정한 시간이 채 되지도 않았는데 신호음이 울린다. 무슨 일인가 하고 달려가 보면 물통의 물을 비우라는 안내 표시가 떠 있다. 물이 한가득 찬 물통을 보면 궁금해진다. 대체 이 많은 물은 어디에서 온 것일까? 옷일까? 이불일까? 아니면 사람일까?

단순히 날이 습해서 혹은 비가 와서 집 안 전체가 물기를 머금은 것일 수도 있다. 그런데 가끔 이런 생각도 해본다. 옷들이, 이불들이, 우리 집 전체가 나의 슬픔과 고단함을 함께 나눠 가진 것은 아닐까. 내 안의 습기를 나와 함께하는 공간들과 물건들이 분담해서 짊어져 주려고 손 내밀었던 것은 아닐까. 그렇지 않다면 물통 속 물이 그토록 금세 차오르는 이유는 무엇일까?

에어드레서 물통에서 물을 비워내며 내 안의 습기도 적절하게 제거하면서 살아야겠다고 생각했다. 슬픔이 지나치게 차오르지 않도록 나의 감정을 잘 살피며 매만져 주고 싶다.

벽 앞에서 찾은
옵션 B

나는 한 번에 두 가지 일을 잘 못한다. 특히 내비게이션 안내를 들으며 운전하는 걸 어려워한다. 이를테면 '전방 200미터 앞에서 좌회전'이라는 안내가 들리면 200미터가 얼마만큼인지 가늠이 되지 않아 눈앞에 보이는 신호에서 매번 핸들을 왼쪽으로 돌리곤 했다.

딸아이가 어릴 때 병원에 들렀다가 간단하게 점심 한 끼를 먹으려고 칼국숫집을 찾아 운전한 적이 있었다. 최종 목적지를 설정해 놓았는데도 길치인 데다 내비게이션의 안내를 잘 알아듣지 못해서 또 헤맸다. 그럴 때마다 차를 도로 위에 버려두고 버스를 타고 싶은 생각이 간절했다. 게다가 적당한 곳에서 좌회전을 놓쳐 계속 직진해야 했다. 그날 왠지 직진만 하다가 끝내 집으로 돌아가지 못할 것 같은 불안한 마음이 들었다. 뒷좌석에 앉은 어린 딸아이를 데리고 자동차 기름이 떨어질 때까지 달려야 되는 건가 하는 생각에 눈물까지 났다.

죽을힘을 다해 가까스로 핸들을 왼쪽으로 꺾고 주행하던 중에 프랜차이즈 레스토랑을 발견했다. 목적지인 칼국숫집은 아니었지만 내겐 구세주와 다름없었다. 원래 계획했던 칼국수 대신 딸아이와 맛있게 파스타를 먹었다.

좌충우돌 끝에 행복한 결말이어서 그날의 사건은 유쾌한 해프닝으로 기억된다. 만약 불안한 상태에서 계속 직진했더라면 예기치 못한 사고가 발생했을 수도 있다. 또 그 일이 두고두고 발목을 붙잡는 트라우마가 되어 운전 자체를 못 했을지도 모른다.

페이스북 최고 운영자이자 차세대 미국 대선 후보로도 손꼽히는 셰릴 샌드버그는 그녀의 저서 『옵션 B』에서 고난과 시련이 생겼을 때 맞설 수 있는 회복 탄력성에 관해 이야기한다. 그녀는 갑작스러운 남편의 죽음 앞에 망연자실하며 자신을 책망

하다가 결단을 내린다. 여태까지 살아오던 방식, 예정되어 있던 옵션 A를 버리고 차선책인 옵션 B를 선택하는 것으로 말이다.

시련이나 상실을 이겨내는 긍정의 힘을 '회복 탄력성'이라고 한다. 우리 삶에서 역경이나 좌절, 정신적 충격은 아무리 노력한다고 해도 모두 막을 수 있는 것이 아니다. 각자의 노력 여하와 상관없이 어려운 일들은 언제나 생기기 마련이다. 그러므로 내일의 변화를 위한다면 오늘의 우리는 회복 탄력성을 키워내야만 한다.

회복 탄력성을 저해하는 요소로는 모든 건 내 잘못이라는 생각, 내 삶이 송두리째 망가졌다는 생각, 이 불행이 끝까지 계속될 거라는 생각이 있다. 이런 생각을 하는 한 우리는 나쁜 상황에서 빠져나올 수가 없다. 마음을 추슬러서 회복해야만 다가올 미래도 기대할 수 있을 텐데 마음이 잘 다스려지지 않는다면 어떤 희망도 갖기가 어려울 것이다.

헬렌 켈러의 말 "행복의 문이 닫힐 때, 다른 쪽 문이 열린다"를 기억하면서 옵션 A가 닫히면 재빨리 각자의 자리에서 가장 적당한 옵션 B의 삶을 살아갈 수 있었으면 좋겠다. 자꾸 지난 세월을 소급해서 과거에서만 살 수는 없기 때문이다. 지나간

과거를 떠올리며 '그때 그러지 않았다면'이라는 가정법을 적용해봐야 소용없다. 여러 선택지 중에 사라져 버린 A를 그리워하다 B까지 놓치는 실수는 하지 않았으면 한다. 옵션 B라도 선택할 수 있는 삶을 다행이라 여긴다면 그 순간 회복 탄력성이 증가하지 않을까?

셰릴 샌드버그는 이렇게 말했다. "나는 스스로 생각했던 것보다 약하지만, 지금껏 상상해 온 것보다 훨씬 강하다"라고. 살다 보면 세상이 온통 작당하고 나만을 향해 저주를 쏟아붓는 건 아닌가 하는 어처구니없는 상황에 놓일 때도 있을 것이다. 어느 날 벼랑 끝까지 내몰려서 떨어질 일밖에 남지 않았다고 체념할 때, 남들도 나를 못 믿고 나조차도 나를 못 믿는 순간이 왔을 때 핸들을 왼쪽으로 힘차게 꺾어 보는 건 어떨까? 좌회전한 그곳에 기대하지 않았던 옵션 B가 있을지 모른다. 그 뜻밖의 옵션 B가 우리를 새로운 길로 이끌어 줄 수도 있지 않을까?

인생, 우울과 우쭐 사이에서
우물쭈물하다

조지 버나드 쇼는 셰익스피어 이래 최고의 극작가로 알려져 있다. 노벨 문학상까지 받았다는 그가 묘비명에 쓴 글이 '우물쭈물하다가 내 이럴 줄 알았지(I knew if I stayed around long enough, something like this would happen)'라고 한다. 워낙에 신랄한 풍자와 해학, 유머와 재치를 겸비한 사람이었기에 묘비명도 독특하게 썼다고 생각했는데, 문장에 오역이 있었다고 전해진다. 95세까지 장수한 조지 버나드 쇼의 삶을 볼 때 '오래 살았으니 이렇게 죽는 게 당연한 거지'로 해석되는 게 낫다는 것이다.

그런데 누군가는 잘못된 번역이라 말할지라도 나는 '우물쭈물하다가 내 이럴 줄 알았지'라는 해석에 고개가 끄덕여진다. 이기호 작가의 책 제목인 『갈팡질팡하다가 내 이럴 줄 알았지』를 들었을 때도 저절로 수긍하게 된다. 단 한 문장 안에 인생을 함축적으로 담아낸 것 같다는 생각이 들기 때문이다.

뭔가 일이 잘 풀리는 날에는 '세상이 나를 위해 준비해 준 멋진 서프라이즈가 바로 이거였구나' 하고 우쭐하다가도, 일 하나가 삐끗해 틀어진 날에는 '세상 하직 날짜를 받아 놓은 사람이 바로 나였구나' 하며 우울해진다. 그것도 순식간에 말이다. 보는 사람에 따라 '어떻게 저토록 급변할 수가 있을까?' 하며 기함하겠지만 그렇게 맑았다 흐렸다 요동치는 감정 체계를 가진 생명체가 바로 우리다.

오르락내리락하는 감정의 파고를 넘나들며 울었다 웃었다 화냈다 화해했다 지지고 볶는 게 인생이라고 생각한다. 모든 면에서 합리적으로 판단하여 행동하고, 이성적으로 감정 조절까지 완벽하게 하는 모범적인 사람은 많지 않다. 모범 답안은 정답지에나 어울리는 것이지 우리가 사는 인생에서는 아니다. 적어도 내가 생각하기엔 그렇다. 또 그런 이상적인 모습을 누구나 원하지만, 말처럼 쉽지 않을 것이다.

세상 모든 사람은 자신에게 맞는 나름의 답안지를 가지고 있다. 거기에 오답도 썼다가 정답도 쓴다. 지웠다가 고쳐 쓰기를 반복한다. 모범 답안지를 놓고 그대로 베끼는 삶이란 없다. 모범 답안지는 하나도 틀릴 수 없는 100퍼센트 완벽한 답안지다. 그런데 누구의 인생이 100퍼센트 완벽할 수 있을까? 또 그걸 베껴 쓴다고 해서 완벽해질 수 있을까? 우리 앞에는 새로운 문제가 시시각각 펼쳐질 텐데 그때마다 누구로부터 모범 답안을 가지고 올 텐가? 옆에서 대기하고 있으면서 매번 모범 답안을 전해 줄 누군가를 알고 있는가?

내 안에서 꺼내 쓰는 수밖에 없다. 틀리든 맞든 내가 아는 바를 있는 그대로 기술해 나가는 수밖에 없다. 나에게 맞는 내 답안지를 작성하다가 그 안에서 갈팡질팡, 우물쭈물하는 모든 순간이 실은 나에게 가장 알맞은 답안을 찾아가는 과정이다. 그래서 인생이란 '우물쭈물하는 사이에 벌어지는 모든 일'이라는 생각이 든다.

자랑하고 싶으면 자랑하고 슬프면 목 놓아 울기도 하자. 기쁘면 소리 높여 좋아하고 창피하면 숨기도 하자. 우쭐해지면

웃고 우울해지면 눈물도 흘려 보자. 그 모든 것을 다 마치고 나서 우리 자리로 돌아오면 된다.

성경에서는 돌아온 탕아도 살찐 송아지를 잡으며 환대해 준다는데 그렇다면 우리는 더 큰 환대도 받을 수 있는 것 아닐까. 우리는 탕아처럼 말썽을 부리지도 않았다. 우리는 그저 하루하루 우리의 인생을 살았을 뿐이잖은가. 단지 우리가 한 것은 그것뿐이었다. 그러니 우리는 모두 더 큰 환대를 받아야 마땅하다.

더 큰 환대는 타인이 해주는 게 아니다. 더 큰 환대를 해 줄 타인을 찾다 보니 늘 실망하고 낙담하며 돌아서게 되는 것이다. 자기 스스로 자신을 환대해 주면 된다. 헤매다가 끝내는 제자리에 온 자신을 열렬히 지지해 주고 따뜻하게 응원해 주면 된다.

결국 나를 끝까지 데리고 살 사람은 나이니까. 인생의 우물쭈물도, 인생의 갈팡질팡도, 인생의 가장 극적인 환대도, 내가 나에게 해주면 된다. 그 힘으로 우리 모두 마지막까지 잘 살면 된다. 우리 앞에 주어진 생의 길을 따라 또각또각 걸어가면 된다.

삶이 의자처럼
기울어져도 괜찮아

　몇 년 전 추석 즈음, 개인적으로 굉장히 안 좋은 일이 있었
다. 연휴 기간 내내 우울감을 떨칠 수가 없었다. 밥알 하나도 목
으로 넘어가지 않는 상황이라서 추석 음식 같은 걸 장만할 기운
조차 나지 않았다. 입맛이 없다는 이유로 남편과 딸아이에게도
대충 음식을 차려줬다. 몸도 마음도 일 년 중 가장 풍요로워야
할 추석에 너무나 괴로웠다. 생각대로 인생이 움직여 주지 않
는다는 마음에 이생망, 이번 생은 망했다고 중얼거렸다.
　그렇게 인생이 끝날 줄만 알았다. 그런데 다 쭈그러들어 버
렸다고 생각했던 인생도 햇볕 잘 드는 평평한 자리에 옮겨다 놓

고 바람을 쐬게 하고 향기를 맡게 하니 조금씩 조금씩 펴지기 시작했다. 몇 년 전을 떠올려 보면 상상도 할 수 없는 마음의 안정을 찾게 된 거다.

지난여름 강촌 엘리시안에서 휴가를 보내며 새벽마다 일어나 산책을 했다. 숙소 앞 잔디밭에 맥주를 팔고 음악을 즐길 수 있는 야외 공연 무대가 설치되어 있었다. 테이블도 의자도 꽤 많았는데, 새벽에 산책하면서 보니 의자들이 전날 밤과는 다르게 기울어진 채로 놓여 있었다. 처음에 한두 개 봤을 때는 누가 일부러 장난친 줄 알았는데 그게 아니었다.

잔디밭에 있는 모든 의자가 테이블을 중심으로 기울어져 있었다. 밤새 내려앉는 이슬로 인해 의자가 축축해지면 일일이 닦아줘야 할 텐데 의자를 기울여 놓음으로써 자연스럽게 물기가 땅으로 흘러 내리게 한 것이었다. 낮 동안 뜨거운 태양 아래에서 남은 물기 한 방울까지 말려 버리고 나면 의자는 '기울어져 있기'를 멈추고 '똑바로 서기'에 들어간다. 의자 본연의 모습으로 돌아가 사람들을 앉게 할 자세를 취하는 것이다.

기울어진 의자를 보며 산책하는 동안, 지난 시련은 내 안의 불필요한 것들을 빼내기 위해 꼭 겪어야만 했던 일이었구나 하는 생각이 들었다. 무언가를 채우려면 그만큼의 또 다른 무언가를 덜어내지 않고서는 불가능하다. 비우지는 않고 채우기만 하는 '맹목적 채움'이 삶을 감당할 수 없을 정도로 무겁게 만든다는 사실도 조금씩 알게 된다. 이런 삶의 진리를 거저 알 수는 없었다. 대가를 치르고서야 얻어낸 귀한 진리를 가슴에 품은 채 온몸으로 실천하며 살아야겠다고 다짐해 본다.

· 살다가 문득문득 어려운 일을 겪어 '이생망'을 외칠 때

· 억울한 일을 당해도 도와줄 사람이 없을 때

· 애쓰고 노력해도 점점 일이 꼬이기만 할 때

· 믿었던 사람에게 배신당해서 갈 곳조차 없을 때

· 한 발짝도 움직일 수 없을 정도로 지쳐 있을 때

· 내 인생의 어느 한 페이지에도 기대할 것이 없을 때

이처럼 삶에서 원망스러운 일들이 즐비하게 있을 때 우리는 일상으로 자연스럽게 돌아갈 수 있을까? 쉽지는 않을 거다. 그러나 그럴 때마다 기울어진 야외용 플라스틱 의자를 떠올려 보면 어떨까? 불필요한 물기들을 털어내고 사람을 앉히기 위한

원래의 용도로 돌아간 의자처럼 살아보면 어떨까? 우리도 한쪽으로 기울어진 힘들고 지친 시간을 잘 정리하고 다시 일상을 받아 낼 단단한 인생 그릇으로 살 수 있지 않을까?

삶의 어느 한 시기, 의자처럼 기울어져도 괜찮다. 모두 끝난 것 같다고 여겨지기도 하겠지만 진짜 삶은 기울어질 때 시작되는 것일지도 모른다. 나를 힘들고 지치게 하는 모든 원망을 털어내면 다시 제자리에 우뚝 서게 되는 날도 올 것이다. 한낱 플라스틱 의자도 '바로 서기'를 한다. 우리의 기울어짐은 바로 서기로 나아가는 중간 과정일 거라 믿는다.

비교병에서
벗어나기

    딸아이의 걸음이 늦다는 소리를 듣고 서울대학교 병원까지 업고 간 적이 있었다. 당시 아이는 14개월 정도였는데 온종일 기어 다니기 바빴다. 9개월부터 걸어서 발톱이 빠지기까지 했다는 친구의 아들 얘기는 나를 더 조급하게 만들었다. '이러다가 우리 아이는 걷지도 못한 채 평생 기어 다니기만 하는 게 아닐까?' 불안감에 휩싸였다.

    기어 다니는 딸아이의 속도가 어찌나 빠르던지 걷는 나를 앞지르는 순간이 왔다. 아장아장 걸어와야 할 아이가 익숙해진 두 손과 두 발로 바닥을 짚고 힘차게 기어와서 달려들 땐 새끼

호랑이처럼 느껴질 때도 있었다.

병원에 도착하자마자 의사 선생님에게 "우리 애가 평생 못 걸으면 어떡하나요?"라고 질문했던 기억이 난다. 지금 돌이켜 보면 혹시나 하는 나의 불안과 염려가 아이에게 전달되어 걸음이 더 늦어졌던 게 아니었나 싶기도 하다. 별일 아닌 것도 큰일로 받아들이는 초보 엄마 시절이었다.

『평균의 종말』을 쓴 토드 로즈는 ADHD로 고등학교를 중퇴하고 뒤늦게 공부하여 하버드 대학에서 학위 취득 후 교수로 재직 중인 발달 심리학자다. 어린 시절의 그는 평균의 잣대로 보면 너무나 뒤처진 사람이었다. 하지만 평균에서 벗어나 자신만의 속도로 학업에 집중하자 빛나는 성과를 얻게 되었다. 평균에 매이기 시작하면 문제가 아닌 사람이 없을 것이다. 평균에 딱 맞는 사람을 발견하는 것이 불가능하기 때문이다.

그의 책 『평균의 종말』에는 평균이라는 오래되어 고질적인 잘못된 관념을 깰 다양한 사례가 나와 있다. 그중에서 걷기와 관련된 이야기가 눈에 띄었다. 많은 사람이 걷기란 누구나가 할 수 있는 보편적이고 인간적인 행동이라고 생각한다. 예를 들면 뒤집기, 배밀이, 기어 다니기의 과정을 거친 후 걷는 것이 정상적이라고 여기는 것처럼 말이다.

그런데 캐런 아돌프라는 여성 과학자는 이처럼 걷기에 정상적인 경로가 있어야 마땅하다는 가정에 이의를 제기하고 나선다. 그녀는 스물여덟 명의 영유아를 대상으로 기어 다니기 전부터 걸음마를 떼는 날까지의 발달 과정을 추적 관찰한다. 그 결과 기어 다니기에 정상적인 경로는 없다는 것을 발견한다. 아기들은 무려 25가지의 다양한 경로를 따랐는데, 경로마다 독자적인 동작 패턴을 띠었고 모든 경로가 걷기로 발전했다고 한다.

이것을 등결과성이라고 한다. 등결과성이란 시간에 따른 변화를 수반하는 시스템은 예외 없이 A에서 B에 도달하기까지 다양한 방법이 있다는 의미이다. 못 걷는 상태에서 걷는 상태에 이르기까지 개개인에 따라 방법의 차이와 소요 시간의 차이만 있을 뿐이라는 거다.

딸아이는 거짓말처럼 병원에 갔다 온 다음 날부터 걷기 시작했다. 하루만 참았으면 될 일이었는데 나의 조급함이 빚은 촌극이었다. 우리 아이들이 평균적 발달 경로를 따르지 않는다는 생각에 불안해할 필요는 없을 듯하다. 물론 비정상적인 발달 경로가 없지는 않으므로 의학적 조치가 제때 개입되어야 할 경우도 있다. 그러나 많은 사람이 해당된다는 이유로, 즉 평균을 적용하여 개인의 상태를 단정 지을 수는 없다.

『평균의 종말』은 우리 각자가 저마다의 발달 그물망을 가지고 있다고 이야기한다. 새로운 단계마다 우리 자신의 개개인성에 따라 가능성이 다양한 형태로 펼쳐진다는 의미이다. 심리학자 커트 피셔도 개개인성에 관해 이야기하며 인간의 발달에는 여러 가지 다양한 경로가 있음을 분명히 말했다. 그러니 엄청나게 잘난 사람들이 정해 놓은 유일무이한 방법을 따라가고자 애써 피곤할 필요도 없다. 평균적이고 정상적인 경로를 따르지 않는다고 해서 우리가 외계인인 것도 아니고, 발달을 멈춘 것도 아니다. 그냥 '나는 나'라는 고유한 사람으로서 각자의 방식대로 살며 자기 삶의 테두리 안에서 조금씩 발전하는 방향으로 나아갔으면 좋겠다.

아이를 키우는 사이, 아이가 크는 만큼 엄마인 나도 조금씩 자란 것 같다. 16년 전 초보 엄마의 미숙함을 버리고 평균은 없다는 사실을 믿으며 저마다의 개개인성을 인정할 만큼, 딱 그만큼은 자란 모양이다.

나쁜 일이 끝내
나쁜 것만은 아니다

서울에 갈 일이 있어서 아침부터 집을 나섰다. 집 앞에서 순환 버스를 타고 10분쯤 가면 광역 버스 정류장이 나온다. 순환 버스가 도착할 때까지 시간이 좀 남아서 아파트 계단을 올랐다. 나는 날마다 우리 집이 있는 21층까지 계단 오르기를 하는데, 외출하는 날에는 차라리 먼저 계단을 오르고 버스를 탄다. 외출하고 돌아오면서 계단까지 오르려면 버겁기 때문이다. 어느 선택이나 힘들긴 마찬가지지만, 그래도 먼저 고생하는 쪽을 택한다.

그런데 시간 계산을 잘못하는 바람에 코앞에서 순환 버스를 놓치고 말았다. 다음 버스는 20분 후에나 올 예정이라고 했다. 20분을 정류장에서 기다리느니 그냥 걷기로 마음먹었다. 집 앞 산책로를 따라서 한참 걷다 보면 광역 버스 정류장이 나온다.

작년 가을 무렵 집 앞 산책로에 나무를 더 심고 공사를 해도 본척만척 관심도 두지 않았다. 그사이 한쪽에 멋진 테이블과 그네 의자까지 가져다 놓은 것을 나만 몰랐나 보다. 꽃도 예뻐서 좋았고 두 갈래 산책로 중 마음이 이끄는 대로 아무 쪽으로나 걸을 수 있다는 점도 반가웠다. 집 앞 산책로가 이렇게 좋은 줄도 모르고 어디 먼 공원만 가려고 했다니…. 주어진 것에 감사할 줄 모르고 더 좋은 것을 찾아 헤맨 우둔한 나를 잠시 탓하기도 했다. 코앞에서 놓친 버스 덕분에 산책로를 걸으며 봄기운을 제대로 느꼈다. 달리는 버스 차창 밖으로 바라보는 것과는 비교되지 않을 정도로 생생한 아름다움을 만끽하며 걸었다.

나쁜 일이 끝내 나쁜 것만은 아니고, 좋은 일이 끝끝내 좋기만 한 것도 아니라는 것을 인생 굽이굽이에서 마주한다. 살다 보면 인생의 명암은 늘 존재하기 마련이고 서 있는 그 자리에 항상 빛과 그림자가 공존한다. 좋아도 너무 좋아하지 말고, 슬퍼도 너무 슬퍼하지 말아야겠다는 생각을 항상 한다. 한 치 앞을 모르는 게 인생이니까 마음을 조금 더 내려놓으며 가볍게 살아야겠다고 다짐도 해본다.

20분쯤 꽃구경, 하늘 구경, 나무 구경을 하다가 광역 버스 정류장에 도착할 즈음 약 올리듯 코앞에서 광역 버스를 또 놓쳤다. 하는 수 없이 벤치에 앉아 다음 버스를 기다렸다. 그사이 딱히 할 일도 없던 나는 두리번거리다가 내 발을 들여다보게 되었다. 신발이 이상했다. 자세히 보니 신발 뒤축이 터져 있었다. 웃음이 났다. 버스를 놓치지 않았다면 벤치에 앉지도 않았을 테고, 내 발도 살피지 않았을 것이다. 그랬다면 신발 뒤축이 갈라진 것도 몰랐을 테니까 온종일 그냥 돌아다녔을 것이다. 뭘 그리 바쁘게 살았다고 신발 뒤축이 갈라졌을까? 그동안 나는 이 신발을 신고 200일 넘도록 매일같이 21층 계단을 올랐다. 내 나름대로 부지런히 살았다는 것을 터진 신발 뒤축을 보며 알게 됐다.

약속 장소 근처인 강남역 지하상가에 도착하자마자 운동화를 새로 사서 신었다. 예전 같으면 내가 신었던 신발이 불쌍하다고 비닐에 담아 가방 안에 도로 넣어 집으로 가져왔을 거다. 그러나 이젠 그러지 않는다. 나를 데리고 잘 다녀주고 애써 준

신발이 장렬하게 전사했으니, 때를 맞춰 보내주는 것도 나쁘지 않겠다는 생각이 들었다. 그래서 가게 주인아주머니께 잘 버려 달라고 부탁하고 나왔다.

'안녕, 잘 가. 그동안 고마웠어. 수고했다.'

미련이 너무 많으면 내딛는 발걸음이 무거워져서 앞으로 나서야 할 때 주저하게 된다. 헤어질 때는 깨끗하게, 미적대지 말고. 지난 시간을 함께해줘서 고마웠다고 인사하며 잘 보내주기.

한 치 앞도 모르는 인생.
신발 뒤축도 모르는 인생.

새 신발이 나를 어떤 새로운 곳으로 이끌지는 모르겠지만 즐겁게 다녀볼 생각이다. 시작하는 마음으로 또다시 신발 뒤축이 터질 때까지 말이다.

다 갖춰도
덜 행복할 수 있다

　서울에서 살다가 6년 전 남편의 발령지를 따라서 인천 송도로 이사를 왔다. 남편은 회사에 가고 아이는 전학만 시키면 되는 간단한 문제라고 생각했다. 내가 할 일은 별로 없어 보였다. 그때 난생처음 집 꾸미기에 관심을 가져야겠다는 생각이 들어서 인테리어를 알아보며 홈 스타일링을 접했다. 홈 스타일링은 전문가가 집의 전체적인 분위기뿐 아니라 세부적인 가구와 소품 선택까지 조언해 주는 것을 말한다.

　홈 스타일링을 받으며 전문가의 의견대로 우리 집에 필요하다고 판단되는 것들을 구입했다. 그중 하나가 소파였다. 기존에 사용하고 있던 검은색 소파가 있었는데 전문가는 새로 교체할 것을 권했다. 집 크기에 어울리지 않게 작고 색깔도 칙칙하다는 것이 이유였다. 벽지와 바닥재 교체만으로 드라마틱한 변화를 연출할 수 없기에 집 안에 배치하는 가구에도 전문가의 의견과 취향이 반영되어야만 했다. 고객이 기존의 낡은 물건을 고집하면 제대로 된 스타일링이 나올 수가 없다.

결국 나는 전문가의 이야기에 따라 착실하게 별걸 다 샀다. 거실과 각각의 방에 필요한 커튼, 목재 블라인드, 식탁, 침대, 서재에 들어갈 책장과 책상도 전부 바꿨다. 물건 구입에 있어서는 전문가의 말을 충실히 따랐지만 버리라고 지정한 것들에 있어서는 그렇게 하지 못했다. 처분해야 할 검은색 소파가 문제였다. 남편과 딸아이가 낡은 소파를 그렇게 좋아할 줄은 미처 몰랐다. 그들은 새로 산 멋진 흰색 소파가 필요 없다고 했다. 기존의 검은색 소파에 비해 불편하다는 말을 꺼내며 내 마음을 혼란스럽게 만들었다. 오래된 소파에만 앉으려고 해서 방 한구석에 놓아두었다가 결국 거실로 끌고 나오는 지경에 이르렀다.

여전히 남편과 딸아이는 그곳에 앉아 있거나 드러누워 있다. 가족 구성원 3분의 2가 원하는 소파를 나 혼자만의 결정으로 처분할 수는 없어서 6년째 소파 두 개를 나란히 늘어놓은 채 살고 있다. 그사이, 새로 산 흰색 소파에도 세월의 흔적이 쌓여가고 있지만, 남편과 딸아이는 보기만 그럴듯하고 편하지 않다는 이유로 지금도 잘 앉지 않는다.

유발 하라리는 『초예측』에서 행복이란 객관적인 지표로 결정되는 것이 아니라 기대치에 의해 좌우된다고 말한다. 인간은 기대했던 게 충족되면 행복하다고 느끼는데 여기서 만족하는 것이 아니라 더욱 누리고 싶어 한다는 것이다. 인류가 석기 시대에 비해 수천 배 이상의 힘을 손에 넣었으나 수천 배 행복해지지 않은 것을 보면 인간은 힘을 행복으로 전환하는 데에는 서툰 것 같다는 의견을 내놓았다.

새집으로 이사할 땐 전문가의 홈 스타일링을 받으면, 새로운 물건들을 사들이면, 어떤 문제도 없이 다 좋을 줄 알았다. 돈과 시간을 들여 집을 꾸미고 각종 물건을 갖추면 투자한 만큼 내 행복도 커지리라 믿었다. 그런데 삶은 새 소파 하나, 새 책장 하나, 새 커튼 하나 바꾸었다고 해서 무조건 행복해지는 게 아니었다. 뭔가를 끊임없이 사고, 갖고 싶은 욕망이 있는 한 행복은 언제나 내일로 유보될 수밖에 없다.

'저 물건 하나 사면 좋겠는데…, 남편이 더 능력 있었다면 어땠을까? 아이가 공부를 잘하면 얼마나 좋을까?' 이렇게 날마다 조건 하나씩을 내걸다 보면 우리는 언제 행복해질 수 있을까? 값비싼 대가를 치른 후에야 깨달았다. 우리 집의 홈 스타일링 전문가는 바로 나여야 한다는 것을 말이다. 가족 구성원의 생각과 생활 패턴, 삶의 가치와 목표가 무엇인지를 알고 조율하며 살 사람으로는 아내이자 엄마인 내가 적임자 아닐까.

홈 스타일링 전문가의 손길을 받은 집은 얼마간 그 상태를 유지하다가 다시 원래대로 돌아왔다. 어질러진 거실 물건들을 오랜만에 정리하면서 사진 한 장을 찍었더니 내 마음도 정리된 듯 말끔해졌다.

나는 앞으로도 정리하고 싶지 않을 때는 널브러진 채로 살아갈 것이다. 그러다가 문득 치우고 싶은 마음이 들 때 정리할 것이다. 조건을 내걸며 행복을 미루지도 않을 것이고 조건을 만족해야만 행복해질 거라는 허구 앞에서도 휘둘리지 않을 것이다. 나를 위해서 내가 가장 행복할 때가 언제인지 주의 깊게 살펴보려 한다. 다 갖춰야만 행복해지는 것이 아니라 덜 갖춰도 충분히 행복할 수 있다는 걸 이제는 안다.

물건이 주는
의미에 대하여

　딸아이가 크면서 어릴 적 사용하던 물건 대부분은 다른 사람에게 나눠주었다. 물려줄 동생이 있는 것도 아니어서 옷이며 장난감이며 책이며 시기가 지난 것들을 내보내지 않으면, 연령대에 맞는 물건들을 들여올 수 없었다. 최근에도 집 안 물건들을 추려 아름다운 가게에 보냈는데 그 과정에서 몇몇 개의 물건들은 또 남게 되었다. 정기적으로 물건들을 처분하는 와중에도 집을 떠나지 못하고 끝끝내 버티고 있는 것들이 있다.

　10년도 넘은 아이의 원피스는 내가 버리지 못하는 것 중에 하나다. 청치마 위에 분홍 상의가 붙어 있는 원피스로, 가슴 부분에 앙증맞은 체리 모양을 덧대어 놓았는데 그 덕분에 딸아이의 얼굴이 더 귀엽게 보이기도 했다. 이 원피스를 입던 일곱 살즈음을 끝으로 딸아이는 치마를 입지 않는다. 편한 트레이닝 바지만 입고 다녀서 운동선수냐고 묻는 사람이 있을 정도다. 딸아이가 치마를 쳐다보지도 않으니 하나 남은 추억의 원피스를 계속 간직하게 된다. 그 무렵 딸아이는 정말 귀엽고 말도 잘 들어서 원피스를 보면 당시의 모든 게 선명하게 떠올라 기분이 좋아진다.

내가 버리지 못하는 게 원피스라면 딸아이가 고집하는 것은 오리털 파카다. 이 옷에도 사연이 있다. 8년 전쯤 나는 아이의 의사를 묻지 않고 이 파카를 친구 딸에게 주었다. 넉넉한 크기의 다른 파카를 아이에게 사주었던 까닭에 몸에 딱 맞는 이전 파카는 처분해도 되리라 여겼었다. 그런데 어느 날 아이가 내 친구 딸이 자신의 파카를 입고 있는 걸 보게 되었다.

"엄마는 왜 내가 가장 좋아하는 옷을 나한테 묻지도 않고 준 거야?"

작아져서 못 입으니까 준 거라고 몇 번이나 이유를 설명했지만 아이는 자기가 좋아하는 파카이기 때문에 어떻게 해서라도 입겠다며 고집을 피웠다. 엄마로서 아이가 정말 좋아하는 옷이었다는 사실을 간과해 버린 내 잘못이 컸다.

파카를 돌려줄 수 있겠냐는 말을 해보기 위해 친구에게 전화를 걸었지만, 한마디도 못 꺼내고 주저하고 있었다. 그때 딸아이가 전화를 바꿔 달라더니 "제 옷 돌려받고 싶어요"라고 말하는 것이 아닌가! 나는 아무리 친해도 선뜻 하지 못할 말이었는데. 그 순간만큼은 딸이 나와 전혀 다른 신인류처럼 느껴졌다. 친구는 너무나 고맙게도 고집스러운 딸아이의 이야기를 순순히 다 들어주었다. 그리고 자신의 딸 역시 남에게 주었던 물건을 도로 되찾아 온 적이 있었기 때문에 이해한다며 아이를 다독여 주기까지 했다.

"물건을 아끼는 네 마음 너무 잘 알겠어. 바로 보내 줄게."

당시 친구는 아이들을 데리고 미국으로 유학을 떠나 있었다. 물론 내가 준 딸아이의 파카도 함께였다. 그래서 그 파카는 한국에서 미국으로 갔다가 다시 미국에서 한국으로 돌아온, 진짜 사연 많은 옷이 되어 버렸다. 그 긴 사연도 추억이 되어 이제는 도저히 버릴 수가 없다.

애착인지 집착인지 아니면 그사이 어중간한 자리인지 정확히 선을 그을 수 없지만, 어떤 물건에는 한때의 우리가 고스란히 담겨 있다. 미니멀 라이프를 실천하는 사람들은 그런 물건들을 사진으로 찍은 후 처분하는 모양이다. 그래야 생활의 질서와 균형이라는 것이 잡히니까. 나도 미니멀리즘에 맞춰, 깔끔하게 꼭 필요한 물건들만 두며 소박하게 살고 싶기도 하다. 추억의 물건은 사진으로만 보관하면 어떨까 생각해 보기도 한다.

그러나 사진으로 찍은 물건은 손으로 만질 수 없지 않은가. 딸아이와 내가 좋아하는 옷들을 만지다 보면 손끝에 닿는 느낌을 지닌 채 그 옛날의 한때로 이동하게 된다. 게다가 딸아이와 한바탕 이야기꽃을 피울 수도 있다.

물론 나도 알고 있다. 사연 있는 물건들을 다 품어줄 수 없다는 사실을 말이다. 지난날의 사연에 지나치게 얽매인 사람들은 앞으로 나아갈 수가 없다. 어느 한곳에 얽매인다는 것은 제자리를 뱅뱅 돌다가 눌러앉는다는 의미와 다르지 않다. 발걸음을 앞으로 내딛기 위해서라도 적당한 때에 불필요한 것들은 털어 버릴 줄도 알아야 한다. 미련이 많은 나는 가지고 있는 물건들에서 정을 떼기가 쉽지 않은데, 그런 나에게 그래도 괜찮다고 말해주는 다정한 책이 있다. 피천득 선생님의『인연』이다. 그

안에 들어 있는 단편 〈서영이와 난영이〉를 읽다 보면 물건이 주는 의미에 대해서 생각해 보게 된다.

단편 속의 '서영'은 피천득 선생님의 막내딸이고 '난영'은 딸에게 선물한 인형의 이름이다. 미국 출장 중 딸을 위해 산 인형에게 딸과 비슷한 이름인 난영을 붙여 줌으로써 자매지간의 정을 느끼게 해주고 싶으셨던 것 같다. 또 그 인형이 불안해할까 봐 직접 품에 안고 비행기에 타셨다는 말씀 앞에서는 피천득 선생님의 여리고 섬세한 감정을 그대로 느낄 수 있다.

성인이 된 딸 서영이 유학을 가게 되자 그 헛헛함을 달랠 길이 없었던 피천득 선생님은 인형인 난영을 돌보게 된다. 난영의 얼굴을 씻겨 주고 목욕과 빗질을 해주며 계절마다 알맞은 옷으로 갈아입혀 준다. 딸의 부재를 묵묵히 견디시는 동안, 한결같이 인형을 돌본 것은 멀리 있는 딸에 대한 아버지의 애틋한 심정이었을 것이다.

휴대폰으로 매번 자유롭게 연락할 수 있는 요즘 시대에는 쉽게 느껴 보지 못할 지난 시절의 감성이다. 자녀를 귀하게 대하시고 인연 맺은 세상 모든 것들에 마음 한 자락을 내어 주시는 피천득 선생님께 삶의 자세를 배우게 된다.

미국까지 갔다가 되돌아온 딸아이의 파카와 10년 전의 원피스는 지금도 소중하게 간직하고 있다. 그 옷들을 버리지 못하는 나를 한심하다고 여기지는 않는다. 계속 보관하다가 어느 날 문득 다 귀찮아져서 버리게 될지도 모를 일이지만, 딸아이가 원하는 한 머리에 이고 지고라도 간직해 주려 한다. 그 물건들과 우리의 인연이 아직은 이어져야 하나 보다.

자기 계발형
부자가 되는 법

　많은 이들이 "세상에 돈 싫어하는 사람이 어딨어?"라고 말한다. 그렇다. 돈은 누구나 다 좋아한다. 그러나 좋아한다고 해서 모두 부자가 될 수는 없다. 돈을 많이 가진 부자들은 소수에 불과하므로, 수천억 대 이상의 자산가들은 선택받은 사람들이라 여겼다. 그래서 나는 그들의 삶이나 돈을 모으는 방법 등에 별로 관심을 가지지 않았다. '부자들의 삶은 나와는 전혀 상관없는 그들 나름의 특별한 방식이 따로 있는 것 아니겠어?'라고 생각했다.

　나는 그동안 어디 가서 돈 얘기 꺼내는 것을 속물처럼 여기며 살아왔다. 부(富)에 대한 태도가 왜곡되어 있었다. 돈 얘기를 드러내 놓고 하는 건 품위 없는 일이라는 생각이 무의식에 숨어 있었던 모양이다. 돈 얘기를 하지 않는다고 해서 완벽히 품위 있는 것도 아닌데 말이다.

사실 부자라는 말을 들으면, 돈만 밝히는 수전노 스크루지 영 감과 연관 지으며 부정적인 이미지를 떠올리려는 경향이 있다. 그러나 제대로 된 부자야말로 성공을 위해 불철주야 노력하는 자기 계발의 끝판왕들이다. 『백만장자 시크릿』의 저자, 하브 에 커는 "진정한 부자들은 재력가가 된다는 목표 이외에도 자신을 최대한 성장시키겠다는 목표를 함께 추구한다"라고 말한다.

부자가 계속 부자로 남기 위한 최고의 지름길이 자기 계발인 셈이다. 자기 계발을 열심히 했더니 돈도 벌고 부자도 되었다 는 사람들 이야기가 책과 SNS를 통해서 소개되곤 한다. 그들은 자기 계발이 부를 유지하는 수단이라는 것을 잘 알고 있다. 그 래서 멈추지 않고 계속 성장해 나간다. 단순히 돈만 벌기 위해 피도 눈물도 없이 행동하는 것이 아니라 자신을 성장시키는 과 정에서 자연스럽게 부자가 된다. 부와 성장은 선순환의 관계이 지 절대적 대립 관계가 아니라는 것이다.

"없으면 안 먹고, 모자라면 안 쓰고!"를 외치며, 철저하게 부를 향한 욕망의 싹을 잘라 버린 채 마음 편히 사는 게 가장 좋은 방법이라고 생각했던 적도 있었다. 하지만 이제는 그 생각이 조금씩 바뀌고 있다. 열심히 자기 계발하고 성장한 끝에 필연적으로 생기는 부는 선하고 영향력 있는 부일 거라고 믿기 때문이다.

우리가 성공하지 못하는 이유는 무엇을 몰라서가 아니라 잘못된 것들을 알고 있으면서 버리지 못하기 때문이라고 한다. 옳지 않은 기준, 잘못된 편견들을 붙들고 있는 사이 제때 알아야 할 것들을 배우지 못하고 놓치게 되는 것이다.

그 과정에서 자신이 부족하다는 생각, 부자가 될 수 없다는 생각을 지니면 그건 하나의 믿음이 되고 만다. 자신을 비하하고 폄하하는 믿음을 증명해 내기 위한 안 좋은 상황들만 생기게 될 수도 있다. 왜냐하면 머릿속의 생각에는 모두 대가가 있기 때문이다. 어차피 해야 할 생각이라면 자신에게 힘을 주면서 성공과 행복에 한 발짝 다가설 수 있는 긍정적이고 적극적인 것을 선택하는 게 낫지 않을까?

부자들의 행동에는 '준비, 발사, 조준'이라는 특징이 있다고 한다. 준비하고 조준하고 발사하는 일반적인 행동 패턴과 다르다. 신속하고 철저하게 준비한 후에는 발사, 즉 실행을 먼저 한다. 그런 다음 수정, 보완하는 과정을 거쳐 나간다. 자기 계발형 부자들은 무엇보다 실행의 중요성을 알고 제대로 실천해 나가는 삶을 선택한다.

부자인 어떤 이를 부러워하기보다는 그가 기울인 최선의 노력을 주의 깊게 살펴보면 어떨까? 우리 스스로 가치 있는 사람이라고 믿으며 성장에 도움이 되는 순간들을 만들어 가면 좋겠다. 오늘 하루도 성실하게 살아가며 애쓴 자신을 셀프 포옹해 주면서 용기를 주어도 좋겠다. "이렇게만 살면 나도 곧 백만장자다"라고.

세상의 많은 사람과 비교하느라
지쳐 나가떨어지지 않았으면 한다.
한 번뿐인 인생,
자신을 제대로 알고 사랑하며 사는 건
우리의 권리이자 의무가 아닐까.

5장

나다운 나이 듦에
대하여

좋은 사람은
일상에 스며든다

　지난해 나와 친한 선생님이 〈소금이 온다〉라는 동시로 조선 일보 신춘문예에 당선이 되었다. 동화로도 등단하셨는데, 혼자 시 쓰는 시간을 보내시더니 동시로 또 등단하신 거다. 마음이 맞는 사람들끼리 모여 식사하며 축하 인사를 전했는데, 선생님 께서 나를 시상식에 초대해주셨다. 달력에 날짜까지 표시하며 당연히 참석하겠다고 약속했다.

　그런데 당일, 일찍 퇴근해서 늦은 밤 학원에 간 딸아이를 데 려오기로 했던 남편의 일정에 문제가 생겨 버렸다. 남편 회사 의 인사 발령으로 인해 직원 송별회를 해야 한다는 거였다. 어쩔 수 없이 선생님과의 약속을 지키지 못했다. 죄송스러운 마음이 커서 시상식 시간에 맞춰 선생님께 카카오톡 선물하기로 케이크를 보냈다. 메시지를 확인하신 선생님께서는 나에게 못 오는 거냐고 물으셨는데 말씀은 안 하셨지만, 서운하셨을 거다. 시상식에 함께하기로 한 약속을 어기고 나니 마음이 편치 않았다.

다음 날 선생님이 시상식 사진을 카톡으로 보내 주셨다. 불편한 내 마음을 풀어주려는 배려였다는 것을 안다. 꽃다발을 들고 많은 지인과 웃고 계신 모습에 조금은 마음이 놓였다. 사진을 보자마자 곧장 선생님께 전화했는데 다짜고짜 이렇게 말씀하셨다.

"내가 어제 리하님 주려고 갈치 한 토막을 들고 갔거든요."

"네? 가… 갈치요?"

"애 아빠가 낚시를 좋아하잖아요. 낚시하면서 갈치를 여러 마리 낚았는데 맛있더라고요."

"그래서 저를 주려고 싸 오셨다고요? 시상식장에요?"

"그랬죠. 리하님 준다고 가장 굵고 동통한 가운데 토막 들고 갔잖아요. 호호호."

"아, 정말! 시상식장에서 상 받을 사람이 향수를 뿌려야 하는데, 갈치를 들고 가시면 어째요."

"갈치가 너무 맛있어서 나눠 먹고 싶었지. 맛이라도 조금 보라고. 우리가 자주 만날 수가 없잖아요. 그리고 선물 받은 블루보틀 커피 원두도 들고 갔었어요. 우리 식구들은 안 먹는데 리하님 블로그 보니까 블루보틀 한번 가셨길래. 집에서 갈아드시라고요."

"이를 어쩐대요? 너무 죄송해요. 그나저나 갈치는 어떻게 됐어요?"

"시상식 끝나고 음식점까지 갔다가 돌아오니 가방 속에서 반쯤 녹아 있더라고요. 지가 별수 있나, 다시 냉동실로 돌아가야지! 호호. 다음에 만날 때 또 들고 나갈게요."

전화를 끊고 나서, 갈치를 가방에 다시 넣어 댁으로 돌아간 선생님을 떠올리자 미소가 절로 지어졌다. 그러다 시간이 조금 흐른 다음에는 코끝이 시큰해졌다. 곱게 차려입고 시상식장으로 향하는 신춘문예 당선자의 손에 들린 갈치 한토막이 눈앞에 그려져서였다. 내가 뭐라고, 남편분이 잡은 갈치 중 가장 통통하게 살찐 부분을 주고 싶으셨던 건지…. 나에 대한 선생님의 마음이 가슴속에 훅 들어오며 눈물도 조금 났다.

생각해 보니 나도 선생님처럼 그랬다. 어느 때부터인가 내가 좋아하는 사람들에게 집에 있는 물건을 들고 가서 나눠주곤 했다. "내가 먹어봤는데, 맛있었어!" 하면서 사과 몇 알, 한라봉 몇 알, 맛있는 과자 몇 봉지를 준다거나 "내가 써 봤는데, 이거 좋아!" 하면서 볼펜, 스티커, 노트, 아이크림, 비누 같은 것들을 나눠주었다. 받는 사람은 시시한 선물로 여길 수 있다. 하지만 사용하는 순간순간 좋았던 것들을 함께 나눠 쓰고 싶다고 생각하면서 그 사람을 떠올린다.

그러면 좋아하는 사람이 내 일상에 자연스럽게 스미는 것 같다. 대단하고 화려한 선물은 아닐지라도 작고 소소한 것들에 그 사람을 향한 나의 온전한 마음이 들어가 있다. 그래서 갈치 한 토막을 시상식장까지 들고 오신 선생님의 마음이 이해됐다. 씻고 다듬고 토막 내어 얼린 그 갈치가 끝내는 선생님 댁 냉동실에 도로 들어가기까지. 선생님이 나를 생각하는 그 마음이, 내가 선생님을 비롯한 좋아하는 사람들을 생각하는 마음과 다르지 않다는 것을 안다.

코로나 때문에 냉동 갈치 한토막을 받을 시간이 자꾸만 뒤로 미뤄지고 있다. 그래도 선생님 댁 냉동실에 있는 갈치는 안녕할 것이다. 갈치 한토막에 들어 있는 정성스러운 마음과 누군가를 아끼는 마음을 배워서 실천하며 살고 싶다. 그런 마음으로 선생님께 안부를 전한다.

"선생님, 그때 그 마음 잊지 않겠습니다. 고맙습니다. 우리 곧 만나요."

뒷모습에도
삶이 담긴다

　작년 어느 때인가 지인이 미국 디즈니랜드 이야기를 들려주었다. 커스토디얼(Custodial)이라 불리는 청소 스태프에 관한 것이었다. 그들은 고객의 편의를 위해 낮과 밤으로 나뉘어 일사불란하게 움직이며 디즈니랜드 곳곳의 청결을 유지해 나간다고 한다. 몇 년 전, 홍콩 디즈니랜드에 갔다 왔지만 그 당시엔 커스토디얼의 존재를 몰랐다.

　지인을 통해 알게 된 커스토디얼. 그들은 단순하게 쓰레기 치우는 일만 하는 사람이 아니다. 디즈니랜드라는 꿈의 무대를 가장 먼저 희망차게 열어 주는 사람이다. 일반적인 청소가 쓰레기를 치우는 것이라면 커스토디얼의 청소는, 고객들이 아예 쓰레기를 버리지 않는 환경을 조성하는 것이다. 더 상위 개념인 셈이다. 그래서 디즈니랜드에 입장한 고객의 생각과 행동이 커스토디얼에 의해 바뀐다고 해도 과언이 아니다. 그들은 디즈니랜드에 입장한 모든 사람에게 완벽한 꿈의 나라를 경험하도록 해주고, 그 순간을 계속 유지하고 싶게 만든다. 왜 디즈니랜드에서는 하루 종일 놀아도 지겹지 않았을까? 그건 아마도 일상이 배제된 특별한 공간이었기 때문일 거다.

그곳에선 아무리 돌아다녀도 종잇조각 하나 발견할 수가 없었다. 커스토디얼들이 입버릇처럼 말한다는 '떨어진 팝콘을 주워 먹어도 괜찮은 청결 상태'가 항상 유지되고 있었다. 돌아다닐 때 가끔 눈에 띄는 무언가를 다가가 살펴보았지만 쓰레기가 아니었다. 나뭇잎이었다. 아침이건 낮이건, 해가 지기 시작하건 어두운 밤이건 바닥에는 단 하나의 쓰레기도 없었다.

실내 역시 예외일 수 없었다. 뭐 떨어진 게 있나 하고 들여다보면 바닥 고유의 무늬였다. 깜깜해진 밤이 되어도 아침부터 유지해온 쾌적함은 그대로였다. 온종일 4만 보 가까이 디즈니랜드 안을 돌아다녔지만 불쾌하거나 피곤하다는 생각은 전혀 들지 않았다.

쓰레기가 보이는 순간 사람들은 '아, 디즈니랜드도 별거 아니네. 다른 데랑 다를 게 없어. 똑같아' 하면서 기대를 멈추게 될 수도 있다. 그래서 커스토디얼들은 디즈니랜드를 찾은 고객들에게 비일상의 특별함이 깨지지 않도록 최선을 다한다. 그들은 청결이라는 마법을 부려 고객들에게 그날 그 순간만큼은 온전한 특별함을 선사하겠다는 자세를 견지한다.

창업자인 월트 디즈니는 "디즈니랜드는 돈을 벌려고 노력한 적이 없다. 우리가 파는 건 행복이다"라고 말했다. 그의 말을 뒷받침해주듯 디즈니랜드에는 고객의 행복을 위해 보이지 않는 곳에서 묵묵히 일하는 커스토디얼이 있었다.

커스토디얼에 관한 이야기는 마스다 미츠히로 작가가 쓴 『청소력』에도 등장한다. 고객이 음료를 흘리면 커스토디얼들이 번개처럼 나타나서 치워 주고 다시 서비스 음료를 준다는 내용이다. 청소는 '뒷정리'를 말한다. 사람들이 지나간 자리, 사람들이 머물다 간 자리에는 쓰레기가 떨어지기 마련이다. 그것을 치우는 게 청소이다. 제때 청소하지 않고 쌓아 둔 쓰레기는 마이너스 에너지를 불러온다고 한다. 그래서 더러움을 적극적으로 제거함으로써 마이너스 에너지를 없애는 것이 우선이다. 그 위에 목적을 가진 플러스 에너지를 추가하면 지속해서 좋은 것들, 좋은 운과 기회를 끌어당길 수 있다고 한다. 이것이 바로 청소의 힘이다.

마스다 미츠히로 작가는 사물의 빛나는 부분만을 보려는 플러스 사고만으로는 우리 삶이 획기적으로 바뀔 수 없다고 말한다. 잠재적인 마이너스 에너지를 제거하지 않는다면 새로 주입된 플러스 에너지 역시 지속될 수 없다는 뜻이다. 우리 내부에 마이너스 에너지가 있는지 없는지 살피며 발견 즉시 치워 나가야 한다. 그래야 긍정적 사고방식, 삶을 고양해 줄 플러스 에너지가 유지될 수 있다.

보이는 면만 중요하다고 생각하지는 않는다. 보이지 않는 곳에 더 많은 이야기가 숨겨져 있을 수도 있다. 사람도 앞모습이나 겉모습만 중요한 게 아니다. 속마음이나 지나쳐 버린 뒷모습에 진짜 이야기가 담겨 있기도 하다. 그래서 나는 사람을 볼 때 습관처럼 그가 떠나는 뒷모습, 그가 사라지고 난 자리를 유심히 지켜본다. 그러면 그 속에서 어떤 식으로든 그 사람이 드러나 보이기 때문이다.

디즈니랜드 커스토디얼의 모습에서 삶의 자세를 배운다. 사람의 뒷모습은 잘 보이지 않아도 중요한 것처럼 그들 역시 그렇다. 나도 커스토디얼처럼 누군가의 뒤에서 묵묵히 지지해 주는 그런 사람이 되고 싶다.

원망보다는
배우는 자세로

　얼마 전 남편이 아픈 나를 위해 감바스를 만들어 주었다. 감
바스는 소금과 후추로 간을 한 작은 새우를 올리브유에 끓여서
빵과 함께 곁들여 먹는 스페인 요리이다. 평생 제대로 된 요리
한번 한 적 없는 남편인데 감바스는 맛있게 만들어냈다.

　요리법이 단순해서 감바스를 먹어 보지 않은 사람도 집에서
손쉽게 만들 수 있을 것 같았다. 그런 내 생각을 담아 글쓰기 플
랫폼인 브런치에 포스팅을 올렸다. 제목은 '요알못도 만드는 새
우 감바스'라고 정했다. 그 글은 사흘 동안 2,500회가 넘게 조
회됐다. 쉬운 요리법을 알고 싶어 하는 사람들이 읽어봤으리라

생각하며 내가 올린 글을 살펴보다가 댓글 하나를 발견했다.

'감바스가 새우라는 뜻인데 새우 감바스는 대체 뭔 말?

감바스 알 아히요를 말하고 싶은 건가, 아님 감바스 알 삘삘을 말하고 싶은 건가?'

댓글을 단 사람의 말투가 곱게 들리지 않았다. 내가 쓴 제목과 글 중간중간 새우 감바스라고 표현한 것을 문제 삼고 싶은 모양이었다. 남편이 스페인어 공부를 잠깐 한 적이 있어서 물어봤더니 감바스가 곧 새우라고 대답해 주었다. 나는 그 사실도 모른 채 글에다가 새우 감바스라고 썼던 것이다. 결과적으로 새우를 두 번씩이나 겹쳐 쓰는 무지함을 드러내고 말았다.

조금 부끄럽긴 했다. 하지만 내가 올린 글은 요리 전문가가 올린 레시피가 아니었다. 오죽하면 감바스에 넣는 매운 건고추(페페론치노 홀)가 없으면 얼추 비슷한 청양고추를 넣어도 될 것 같다는 나만의 생각도 표현했겠는가. 주먹구구식 감바스라도 남편이 해주어서 맛있었다는 점, 요리 못하는 남편의 정성이 고마웠다는 점이 내가 쓴 글의 요지였다.

글을 쓰면서 내 의도가 전달되기를 바랐으나 누군가는 내 글을 읽으며 나의 무지함만을 지적하고 싶었나 보다. 나는 그 사람의 댓글에 답글을 달았다.

저는 감바스가 새우라는 걸 몰랐습니다. 사람들이 대부분
'새우 감바스'라고 해서 그렇게 표현했어요. 아픈 와이프를
위해 요리를 잘 못하는 남편이 애써 준 사랑을 이야기한 것
입니다. 요리의 정확한 개념과 레시피에 초점을 맞춘 글이
아니지요. 제목부터 '요알못'이라고 한 것은 감바스를 모르
시는 분들도 편하게 읽기를 바라서였습니다.

댓글을 쓰고 나니까 갑자기 20년 전에 돌아가신 아버지가 생
각났다. 내가 중학생 무렵, 엄마에게 "일요일 날 어디 가요?"라
고 물은 적이 있었다. 옆에 계시던 아버지께서 "일요일에 어디
가요?"라고 표현하는 것이 맞다며 알려주셨다. 일요일(日曜日)
의 '日'이 '날 일'이기 때문에 일요일 날이라고 표현하는 건 의미
가 두 번 겹치는 것이라고 하셨다.
　생일날, 월요일 날 등 우리가 흔히 쓰는 표현도 잘못되었다
며 생일날은 생일로, 월요일 날은 월요일로, 바르게 써야 한다
고 말씀하셨다. 유사한 내용으로 '역전(驛前) 앞에서 만나자'라

는 표현도 적절치 않다고 하셨다. 한자 '前'이 '앞 전'의 뜻이므로 '역전'이라는 말에 이미 '역 앞' 의미가 다 들어 있으니 '앞' 자를 또 붙일 필요가 없다는 것이었다. 나는 아버지한테 '왜 그렇게 까다롭게 신경 써야 하는 건지'를 물었다.

"세상 살다 보면, 그런 작은 실수를 아무렇지 않게 넘겨주는 사람만 만나는 게 아니야. 누군가의 실수를 빈틈없이 지적하는 사람도 만나게 되지. 그러니까 실수라는 걸 알았을 때 바로바로 고치는 게 좋아."

나의 실수를 댓글로 지적한 사람을 깐깐하다고 탓할 마음은 없다. 다만 몰라서 실수하는 것은 어쩔 수 없었다고 해도 알게 된 이상은 바로 고쳐야겠다고 생각했다. 아버지 말씀을 다시 한번 되새겨 본다. 내 실수를 너그럽게 봐줄 사람만 만날 수는 없으니까. 그렇지 않은 사람도 만나고, 예상치 못한 일들도 겪는 것이 인생이니까. 원망보다는 배우는 자세로 사는 것이 앞으로의 내 삶에도 더 도움이 되지 않을까?

실수한 사람이 나쁘다는 뜻이 아니다.

실수마다 지적하는 사람이 나쁘다는 뜻도 아니다.

실수를 발견했을 때는 인정하고 고쳐 나가자는 뜻이다.

자칫 원망스러운 마음에 실수를 고치지 않는다면

우리의 성장과 발전은 요원할 수밖에 없기 때문이다.

다 잘할 수도,
다 잘할 필요도 없다

딸아이 초등학생 때, 4년간 학교 도서관 봉사를 하며 다양한
아이들을 만날 수 있었다. 어느 날 딸아이와 같은 반이었던 남
자아이가 도서관에서 계속 울고 있었다. 집안에 안 좋은 일이
있는 건 아닌지 걱정이 되었다. 속사정을 물어봐야 하나 고민
하고 있었는데 같은 반 아이들은 우는 친구를 크게 신경 쓰지
않는 듯했다.

무관심한 아이들이 이상하다고 여겼는데, 알고 보니 그 친
구는 시험에서 하나라도 틀리면 종일 울기 때문에 내버려 두는
편이 낫다는 거였다. 처음엔 다른 친구들이 다가가 달래주기도

했다고 한다. 하지만 소용없었고 이제는 그러려니 하며 포기했다는 이야기도 들려주었다. 시험 문제를 달랑 하나 맞히거나 전부 틀린 애들조차 잘 뛰어노는데, 딱 한 개 틀렸다고 세상 끝난 것처럼 우는 아이라니….

그 아이에게 시험은 자신의 인생 전부나 마찬가지로 여겨졌던 것 같다. 그렇게 시험과 자신을 동일시해 버리면 원하는 성적이 나오지 않는 한 언제나 세상이 끝난 것처럼 울어야만 한다. 시험 성적이 곧 자기 인생의 점수라 여기고 매번 불행해 한다면 그건 자아통합이 제대로 되고 있지 않다는 뜻이다.

오은영 박사는 『오늘 하루가 힘겨운 너희들에게』라는 책에서 자아통합은 "내가 가지고 있는 여러 가지 모습을 인정하고 그 모든 걸 나의 모습으로 편안하게 받아들이는 것"이라고 말한다. 시험에서 한 문제를 틀려도 내가 못난 사람은 아니라는 인식, 공부와는 상관없이 나는 소중하다는 인식을 지녀야 한다. 그래야만 인간으로서 근본적인 가치가 훼손되지 않으며 더 나아가 자신을 인정하고 존중하는 법도 배울 수 있게 된다.

살면서 겪는 사소한 일들 때문에 어제까지 꽤 괜찮던 내가 오늘 갑자기 쓸모없어져서야 되겠는가. 그렇게 생각하는 일만큼은 막아야 하지 않을까? 때로 우리는 스스로에게 엄격하여 자신보다 뭐든 뛰어난 사람들을 분야별로 늘어놓고 오로지 나를 깨부수기 위한 비교 경쟁에 들어간다. 외모를 비교하고, 학벌을 비교하고, 집안 배경과 재산을 비교한다. 그러면서 주눅들고 초라해지기를 자처한다.

많은 사람들이 다재다능한 누군가를 보며 나도 저렇게 되고 싶다는 생각에 의욕적으로 이것저것 따라 해본다. 그러다 어느 순간 한계치에 도달하면 팽팽한 고무줄이 툭 끊어지는 것처럼 다 놓아 버리기도 한다. 그 후로는 다시 시도하기보단 멀찍이 미뤄 놓고 자포자기하며 침잠의 시간 속으로 들어가 버린다. 사람은 누구나 좋아하고 잘하는 일을 선택해야 오래 할 수 있다. 타인이 좋아하는 것을 무작정 따라 한다고 해서 지속할 수 있는 게 아니다. 나도 한때 사소한 것에서부터 비교당한다는 생각에 괴로웠던 시기가 있었다. 갈피를 잡지 못한 채 마음이 많이 상했다. 결국에는 우울하고 세상만사가 귀찮아져 누워만 지내던 때도 있었다.

초등학생 남자아이가 틀린 문제 하나 때문에 온종일 울고 있는 것이나 내가 힘든 순간 하나에 매달려 인생 전체가 부서져 버린 듯 쓰러져 있었던 것이나 마찬가지라는 걸 그땐 몰랐다. 나는 나이가 들어서도 자아통합이 잘 안 되던 사람이었다. 나와 내 주변 일을 분리해서 볼 줄 몰랐다. 하나가 실패하면 몽땅 실패라고 생각하며 내 인생 전체를 망한 것처럼 여겼다. 어쭙잖은 오만이 빚은 뼈아픈 시간들이었다. 사람은 어차피 모든 일에서 완벽할 수 없으며, 완벽해지려고 애쓰며 살 필요도 없다는 것을 나중에야 깨달았다.

잘하는 것도 있지만 못하는 것도 엄청 많은 나를, 내가 아니면 누가 이해해주겠는가. '어쩌다 뭘 좀 못해도, 어쩌다 실수하고 실패해도, 다음에 잘하면 되는 거지, 뭐.' 하고 툴툴 털어버릴 줄 알아야 한다. 남이 잘하는 걸 내가 못하면 주눅들 게 아니라 '대신 나는 이런 걸 잘하잖아' 하고 내세울 줄도 알아야 한다.

나는 착하게 굴다가도 까칠해질 때가 있다. 열심히 살려고 하지만 때때로 게으름도 피운다. 감사할 줄 알지만 원망할 때도 있다. 너그럽다가도 옹졸하게 행동할 때가 있다. 이렇게 내게 속한 여러 가지 모습을 부정하지 않고, 있는 그대로 받아들이라고 오은영 박사는 말한다. 이런 태도는 무엇보다 나 자신을 위해 중요할 것 같다. 나의 좋은 부분만을 사랑하고, 부족한 부분은 싫어하고 외면하면서 내 것이 아닌 것처럼 굴다 보면 정작 나 자신도 내가 어떤 사람인지 헷갈릴지 모른다.

　세상의 많고 많은 사람과 나를 비교하느라 지쳐 나가떨어지지 않았으면 좋겠다. 잘난 다른 사람들을 쳐다보느라 정작 나를 들여다보는 시간이 줄어드는 것은 아닌지 고민도 해봤으면 좋겠다. 이것저것 다 잘하는 나를 기대하지 말고, 내가 잘하는 것을 더 잘하는 나, 더 즐겁게 할 수 있는 나를 꿈꿔 본다. 일상의 나를 살살 달래고 토닥토닥 보듬으며 살아야 한다. 한 번뿐인 인생, 나 자신을 제대로 알고 아끼며 사랑하며 사는 건 우리 모두의 권리이자 의무가 아닐까.

마음속 서랍에
날 위한 말들을 차곡차곡

여행 중 갑작스럽게 비가 내렸다. 비를 피해 들어간 카페 전경이 고즈넉하니 좋았다. 카페 입구는 여러 가지 물건으로 꾸며져 있었는데, 서랍장 하나가 눈길을 사로잡았다. 그것을 보자마자 과거의 기억이 소환되었다.

내가 어릴 때 집에는 작은 서랍이 많이 달린 서랍장이 있었다. 한때 친정어머니가 옛 가구에 관심이 많으셔서 문갑, 사방탁자, 화초장, 갓함(옛날 갓을 보관하는 상자) 같은 것들도 있었다. 서랍이 많았던 그 장은 옛날 한약방의 약장이었다. 작은 서랍이 층층이 있었는데 방바닥에 굴러다니던 소소한 물건들을 집어넣어 보관하기에는 더없이 좋았다.

약장 서랍 일부는 내 물건을 보관하는 공간이었다. 머리핀이라든지, 머리끈, 열쇠고리 같은 걸 넣어 두기도 했다. 그리고 서랍 깊숙이 쪽지도 넣어 두었다. 사춘기 무렵 화가 나거나 감정이 상했을 때, 친구와 갈등을 겪었을 때, 야단을 맞았을 때 등등 기분이 나쁠 때면 나는 어김없이 쪽지를 썼다. 당시의 감정을 연필에 꾹꾹 눌러 담아 썼다. 화가 아주 많이 날 때는 빨간색 색연필로 거칠게 바탕을 칠하기도 했다.

검은색 볼펜으로 쓰고 초록 색연필로 글자 위를 따라가면서 색칠을 하기도 했는데, 주로 기분이 좋은 날에 그랬다. 기념하고 싶거나 기억하고 싶은 것을 글로 남겼는데도 뭔가 아쉬울 때면 또 초록 색연필을 들어 글자를 덧칠하곤 했다. 글자 위에 초록색 옷을 입힌다고 생각하며 칠했던 기억이 난다. 내 마음이 기쁘다는 걸 그렇게 표현하고 싶었던 모양이다.

카페 서랍장 몇 개에는 작은 화분이 들어 있었다. 반쯤 열린 서랍 사이로 초록색 이파리들이 고개 내밀고 있는 순간을 보자 지난날의 쪽지들이 자연스레 떠올랐다. 초록 이파리들은 기쁨의 쪽지이고, 닫힌 서랍들은 화남과 슬픔의 쪽지처럼 보였다.

누군가는 약장을 보면 약을 떠올리겠지만, 나는 사춘기 시절 들끓던 감정들을 써 내려간 쪽지들이 떠오른다. 물건을 어떻게 사용했는지 그 용도에 따라서 기억은 추억이 되기도 한다. 그래서 오래도록 잊히지 않고 마음속에 자리 잡기도 한다.

내 마음속에도 약장 하나 놓아두면 좋겠다는 생각이 들었다. 칸칸이 내 감정을 세분해서 넣어두고 필요할 때마다 현명하고 적절하게 꺼내 쓰면 얼마나 좋을까. 사춘기 때는 약장 서랍 속에 쪽지를 넣어 두는 것으로 감정 조절을 해 나갔다. 그러나 어른이 되어 사회생활, 결혼생활을 할 때는 감정 조절을 더 잘할 줄 알았는데 만만치 않았다. 어른이 되었다 해도 감정의 오르내림을 특별하게 다스리는 비법 같은 것은 없었다.

대부분의 감정 손상은 말에서 비롯됐다. 사춘기 때 내 감정이 상한 데에는 어김없이 마음을 후벼파고 틀어쥐는 야속한 말이 있었다. 어른이 되어도 달라지진 않았다. 감정 상하게 하는 것은 대부분 거친 말들과 짝을 이뤄 등장하는 배려 없는 말이었다. 말 한마디만이라도 제대로 깎고 다듬어서 꺼내 놓을 수 있다면, 우리의 감정 서랍이 붉은 색연필 칠을 한 쪽지로 가득 찰 일은 없을 것이다.

『말의 내공』이라는 책에서 말을 잘한다는 것은 단순히 화술이 능수능란한 상태가 아니라 끊임없이 자신을 성찰하고, 타인에게 관심을 기울이며, 상황을 읽는 안목까지 갖춘 총체적인 상태라고 정의했다. 그리고 이에 도달하기 위해 노력하는 과정이 말 공부인 것이다.

나의 삶이 중요한 만큼 누군가의 삶도 그러하다는 걸 늘 기억하려고 한다. 말 한마디, 행동 하나에도 나름대로 주의를 기울이고 싶은 건 사춘기 시절부터 유난스럽게 감정의 변화를 많이 겪어 보았기 때문인지도 모른다. 나를 아프게 한 말과 행동을 타인에게 건네주고 싶지 않다. 타인의 마음속 감정의 서랍에 나에 대한 기억이 빨갛게 칠해지는 걸 원치 않으니까 말이다.

과거의 누군가가 내게 들려준 희망찬 메시지는 초록 옷을 덧입은 씨앗이 되어 수십 년이 지난 지금도 풍성한 이파리를 피워 낸다. 나를 키운 것이 칭찬과 격려만은 아니었을 것이다. 상처와 비난도 나를 돌아보게 했을 것이다. 그러나 더 오래, 좋은 기억으로 떠오르는 것은 싱싱한 초록 이파리임을 부인할 수는 없다.

이제 마음속 나만의 서랍에 나를 기운 넘치게 만드는 말과 감정들을 차곡차곡 마련해 담아 둔다. 그렇게 챙겨 놓은 말과 감정들이 어느 날 문득 흔들리고 슬퍼하는 나를 위로해 주려고 고개 내밀지도 모른다. 나를 키우고, 나를 챙기는 건, 누구도 아닌 내가 해야 한다. 오늘도 나는 나를 위해 그 따뜻한 말들을 꺼낸다.

날마다 조금씩 더 나아지고 있어.

그거면 충분해.

서랍 속 기쁨과 칭찬의 초록 이파리

나를 더 풍성하게
키울 일은 무엇일까?

집 베란다에서 밖을 내다보면 저 멀리 바다가 보인다. 바다 건너기 전에 보이는 빈 땅이 있는데 바로 송도 세브란스 병원이 들어올 자리다. 이 땅은 연세대학교 소유로, 병원 착공 전까지 야구 동호회에 임대했다고 한다. 주말마다 야구를 하러 야구 동호회 사람들이 모여든다. 아파트 입주민 몇몇 분은 공터 야구장에서 울려 퍼지는 소리가 생활을 방해한다고 싫어한다. 공터 야구장 바로 옆 동의 아래층 세대일 경우, 소음 피해가 조금 있을 것 같기는 하다.

3년 넘게 지켜본 결과, 이 야구 동호회는 거의 불멸이라는 생각이 든다. 주말에 공터가 비어 있는 적은 거의 없다. 비가 내리지 않는 한 예외 없이 야구는 계속된다. 펄펄 끓는 더운 날씨에도 살을 에는 추위에도 아랑곳하지 않고 야구를 한다.

그들을 움직이게 하는 힘은 뭘까? 주말마다 모이는 창밖의 그들을 보며 이런저런 생각을 해본다. 동네 야구 동호회이니 돈을 버는 일과도 상관이 없을 것이다. 그렇다면 도대체 무엇이 그들을 한여름에도 한겨울에도 공터로 모이게 하는 걸까?

아무리 생각해 봐도 팬심이라는 것밖에 달리 할 말이 떠오르지 않는다. 어떤 대상에 푹 빠지려면 그것을 미치도록 좋아하지 않고는 불가능하다. 폭염이든 추위든 상관하지 않는 그들에게 주말 야구를 향한 팬심은 일상을 살아내게 하는 원동력일지도 모른다.

지난해, 딸아이가 좋아하는 웹툰 작가 루시드의 선물 증정 이벤트가 있었다. 딸아이는 자신이 그 이벤트에 뽑혀야만 하는 이유를 써서 응모했다. 응모 내용을 내게 보여주며 이벤트에 당첨될지 안 될지 점쳐 달라고 부탁했다.

루시드 작가님, 〈호러와 로맨스〉와 〈무의식의 숲〉을 각각 2번씩 정주행 한 팬입니다. 저는 〈크리스마스는 쨈과 함께〉가 나온다는 소식을 듣고 매우 설렜습니다. 다음 웹툰에서 〈크리스마스는 쨈과 함께〉가 부분 유료인 바람에 단행본이 나오면 구매할 생각이었는데 좋은 이벤트가 있어서 참여도 해보고, 감사합니다.

초창기 때부터 작가님을 굉장히 오래오래 봐온 팬으로서 그냥 지나칠 수가 없더라고요. 작가님을 좋아하는 이유는 무수히 많지만, 재미와 감동, 교훈까지 있는 웹툰에, 한 화 한 화 작가의 말을 정성스레 남겨주신 점이 감동이었습니다. 정말 독자들을 사랑하는 마음도 물씬 느껴졌고요. 작가님의 말 한마디 한마디가 작품을 읽는 사람들에겐 위로와 버팀목이 된 것 같아요.

〈호러와 로맨스〉가 드라마로 확정된 것도 다시 한번 축하드려요. 작가님 웹툰을 보면서 너무 많이 웃고 감동했습니다. 앞으로도 계속 예술을 해주셨으면 하는 바람이 크네요. 마지막으로 〈크리스마스는 쨈과 함께〉 이벤트에 꼭 당첨되었으면 좋겠어요. 루시드 작가님의 돈 주고도 살 수 없는 굿즈들을 꼭 빚고 싶습니다. 좋은 이벤트 다시 한번 감사합니다.

진심으로.

열일곱 살 된 딸아이가 이벤트 당첨을 바라며 쓴 글이었다. 투박하지만 진심이 담겨 있다는 것을 느낄 수 있었다. 딸아이에게 잘하면 당첨이 될 것도 같다고 말해 주었다. 사실 내 입에서 그 대답이 나오지 않으면 나올 때까지 똑같은 질문을 던질 거라는 걸 알기 때문에 귀찮아서라도 딸아이가 원하는 대답을 들려줘야 했다.

보통 이런 이벤트는 SNS상의 입소문을 위해 참여자들의 공유를 전제로 한다. 그러나 딸아이에게는 SNS가 없었다. 이벤트 참여 당일에야 인스타그램에 가입하고 글을 올리는 딸아이를 보며 당첨은 어려울 것이라고 짐작했다. 그래도 하지 않던 인스타그램까지 귀찮음을 무릅쓰고 만드는 딸아이의 모습에 웹툰 작가 루시드를 얼마나 좋아하는지 알 수 있었다. 그래서 딸아이에게 SNS를 활용한 홍보의 진실을 알려주어 실망하게 하고 싶지는 않았다. 덕분에 딸아이는 한동안 당첨자가 된 것마냥 즐겁게 생활했다.

발표 날 아침부터 홈페이지를 들락날락하더니 오후 6시 무렵

결과를 알게 되었다. 탈락이었다. 딸아이는 자기보다 훨씬 짧게 소감문을 쓴 사람도 붙었다며 투덜거렸다. 그 사람은 인스타그램 팔로워 수가 어느 정도 되었으니까 당연한 일이었다.

아이의 실망감이 커 보여서 만화책을 돈 주고 사라고 권했지만 단박에 싫다는 답변이 돌아왔다. 사실 최근 3~4개월간 구두쇠의 화신이 씌었는지 딸아이는 돈을 한 푼도 쓰지 않으려고 했다. 밖에서 목이 말라도 생수 사 먹는 게 아까워서 꾹 참고 집으로 뛰어오는 아이였다. 그 정도로 돈을 아끼는데 비싼 만화책을 덜컥 살 리가 없었다. 특히나 이벤트까지 떨어졌으니, 기분이 나빠서라도 더더욱 안 살 것이 뻔했다.

그런데 그로부터 며칠 후, 긴긴 고민의 시간을 끝낸 구두쇠 딸아이가 내게 물었다. "인터넷으로 사면 얼마큼 싸게 해주는데?" 엄청나게 할인된 가격에 살 수 있다는 거짓말을 하고 『크리스마스는 쨈과 함께』 만화책을 사주었다. 딸아이가 공짜로 받을 수 있는 이벤트에 탈락하고 엄마 돈 3만 원을 들여서라도 꼭 가지고 싶은 만화책, 좋아하는 작가의 작품을 반드시 소장하고 싶은 마음, 나는 이런 게 팬심이라고 생각한다. 그리고 그 팬심을 어떤 이유에서라노 지켜주고 싶었다.

불볕더위 속에서도 공터를 뛰어다니게 하고, 구두쇠 딸아이의 지갑도 기꺼이 열게 하는 힘. 그게 바로 팬심이다. 무언가를 향한, 누군가를 향한 꺼지지 않는 관심과 응원이 때론 삶을 더 풍성하게 키우는 것일지도 모른다. '나는 네가 좋다. 그래서 네가 하는 그 어떤 일도 다 좋다'라는 이런 귀한 마음은 보는 것만으로도 즐겁다.

그러나 한 가지 미리 알아두어야 할 점이 있다. 팬심은 본인에게만 머무르지 않고 주변까지 물들인다는 것이다. 딸아이가 『크리스마스는 쨈과 함께』를 나와 남편에게 읽으라고 강요하기 때문이다. 남편은 날마다 시달리다가 얼마 전에 1권을 읽은 모양이다. 나는 아직 한 권도 읽지 못했지만 결국 세 권을 다 읽게 될 것이다. 왜냐하면 나에게 영원한 팬심을 불러일으키는 유일한 존재인 딸아이가 부탁하는 일이니까 말이다. 만화책을 읽으며 '나의 팬심으로 나를 더욱 풍성하게 키울 일은 무엇이 있을까?' 생각해 보려 한다.

내 감정에
솔직해지기로 했다

1월의 어느 날, 낯선 전화번호로 연락이 왔다. 그날따라 진동 모드가 풀려버렸는지 엄청나게 큰 소리로 전화벨이 울렸다. 몇 번 보이스피싱 전화를 받은 후부터 모르는 번호는 아예 수신 거부를 하는데, 그날은 꾸벅꾸벅 졸다가 전화를 받고 말았다. 받자마자 누군가가 "작가님~" 하며 인사를 건넸다. 정체불명의 남자 목소리였다.

일상 통화에서 나를 그렇게 부르는 사람은 별로 없다. 아줌마 또는 고객님이라는 호칭이 익숙한 나에게 작가님이라니. 그래서 짧은 순간 머리를 막 굴려 보았다.

'어느 출판사에서 전화가 온 건가? 글도 안 썼는데 세상에나 어떻게 알고 전화가 왔지?'

잠깐 사이 그런 야무지면서도 기분 좋은 생각을 했다.

"작가님~ 저 ○○이에요."

상대방의 이름을 잘 알아듣지 못했다. "네? 누구시라고요?" 하는 수 없이 다시 물었다.

"작가님, 저요. 찬준이요. 찬준이. 오, 찬, 준."

한 자 한 자 또박또박 말하는 소리를 듣고서야 상대가 누구인지 떠올랐다.

"어머머, 준아."

찬준이는 나랑 같은 독서 모임에 나오는 한 선배님의 아들이다. 올해 열 살이 된 찬준이는 엄마를 따라 새벽에 일어나서 토요일 오전 7시부터 독서 모임에 나왔다. 아홉 살이던 작년에도 부지런히 나왔다. 어른들이 독서 토론을 할 때 테이블마다 과일 접시를 가져다주고, 따라온 다른 집 동생들도 잘 데리고 노는 의젓한 어린이다. 내 눈에는 스무 살보다 더 철들어 보이는 듬직한 형아였다.

찬준이는 엄마 휴대폰에서 '리하 작가님'이라고 쓰여 있는 내 전화번호를 발견하고 자기 휴대폰에도 저장했다고 한다. 그러고는 피아노 학원에서 집으로 돌아가는 길에 전화해본 거라고 말했다. 잠이 확 깰 정도로 반가웠다. 준이가 내게 전화를 걸어준 것도 신기했고, 추운 겨울, 집으로 돌아가는 길에 갑자기 내 생각이 났다는 사실도 좋았다. 우리는 꽤 오래 이런저런 이야기들을 주고받으며 통화를 했다. 그러다가 갑자기 휴대폰을 쥐고 있을 준이의 손이 생각났다.

"준아, 근데 너 장갑은 꼈어?"

"아뇨."

"뭐? 맨손이라고? 어머머! 얼마나 손 시렸을까."

"안 시려요. 작가님."

"아냐, 안 돼. 감기 걸리니까 전화 끊고 얼른 집에 가."

"네."

"주머니에 손 넣고 조심해서 가야 해."

"네, 작가님. 안녕히 계세요."

그날 이후 준이는 '선배님의 아늘 겸 내 친구 준이'가 되었다.

준이가 심심할 때 생각나서 전화하는 상대가 나라면, 나는 준이의 친구가 맞는 거 아닐까? 심심할 때 일부러 부담스럽고 어려운 이한테 전화 거는 사람은 없을 테니까 말이다.

어릴 때 인형처럼 예뻤던 준이는 지금은 똘망똘망 잘생긴 형아로 성장하고 있다. 얼마 전에는 나에게 쪽지도 보내 주었다. 포스트잇에 꾹꾹 눌러써 준 손편지를 읽는 내내 행복했다. 새벽부터 독서 모임에 나오는 준이가 예뻐서 가끔 집에 있는 내 책과 다른 작가님들의 동화책을 들고 가서 줄 때가 있었다. 책을 좋아하는 준이는 읽고 난 다음 자신의 느낌을 담아 쪽지에 쓰기도 한다. SNS가 넘쳐나는 시대. 나에게 손편지를 써 주는 친구가 있으니 얼마나 감사한 일인지 모르겠다. 게다가 준이와 나는 (주변의 숱한 반대와 우려 속에서도) 무려 40년의 나이 차이를 극복하고 다정한 친구가 되었으니 이 또한 감사하다.

준이는 밖에서 만나는 사람들한테(누가 묻지도 않고, 전혀 궁금해하지 않는데도) 자기랑 친한 동화 작가가 있다고 밝히며 다닌다고 한다. '나, 요새 동화 안 쓰고 노는 중인데, 어쩌나…' 하며 속으로 뜨끔했다. 준이의 동네 친구들이 준이에게 "야, 네 친구가 동화 작가라면서 대체 무슨 동화를 썼는데?" 하며 묻고 늘어질

지도 모를 일이다. 나의 가장 어린 친구, 준이 입장이 곤란해지지 않도록 이쯤에서 정신을 차리고 동화를 잘 써 봐야겠다. 몇 년째 글쓰기가 싫고 귀찮고 지겨웠다. 그 크기만큼 사는 것도 우울했고, 나 자신이 싫어지는 날도 숱하게 많았다. 그러나 이제 머릿속에 가득 쌓여 있던 먼지들을 털어내며 끄적끄적 글을 써 보려고 한다. 아기 같던 준이도 형아가 되어 동네 동생들을 돌본다. 나도 준이처럼 좀 의젓해지고 싶다.

세월의 흐름에 맞춰 살다 보면 절대 못 할 것 같던 일도 하게 되고, 다시 볼 일 없을 것 같던 사람과도 만나게 되곤 한다. '못 해, 안 해, 필요 없어.' 하며 내 앞에 높디높은 선을 그어 놓고 뒤로 물러앉아 팔짱만 끼고 구경하는 삶은 이젠 그만하고 싶다. 생각나는 사람이 있으면 "작가님, 보고 싶어서 그냥 전화했어요"라며 곧장 연락하는 준이처럼 나도 내 감정에 더 솔직하게 반응하며 살고 싶다.

엊그제는 준이의 열 살 생일이었다. 내 친구 준이의 생일을 진심으로 축하하며, 준이가 밝고 건강하고 행복하게 잘 자라주길 바란다. 나 또한 내 친구 준이가 읽을, 재미와 의미를 갖춘 동화를 썼으면 좋겠다. 이제부터 차근차근 새롭게 시작하고 싶다.

유연한 나이 듦을
위한 길

　3년 전쯤 친구를 만나러 압구정동에 간 적이 있다. 약속된 시간보다 너무 일찍 도착한 바람에 맥도날드에 들렀다. 그때만 해도 단것들을 입에 달고 살 때였다. 갓 튀겨 낸 애플파이랑 커피 한 잔을 마시면 딱 좋겠다는 생각이 들었다. 점심시간이 다가와서인지 사람이 무척이나 많았는데 그사이를 뚫고 카운터에 갔다가 주문 불가라는 소리를 들었다. 카운터 대신 저쪽으로 가라며 점원이 손가락을 들어 가리킨 곳에는 키오스크라는 자동 주문기가 있었다. 메뉴를 선택할 수 있는 스크린이 설치된 커다란 기계였다. 내가 원하는 애플파이와 커피를 찾기 위해 디저트 화면을 눌렀다. 그런데 아무리 찾아도 애플파이는 보이지 않았다. 몇 번을 계속 뒤로 가기 버튼을 누르며 첫 화면부터 다시 검색했다. 메뉴를 찾느라 헤맸는데 그때 뒤에 있던 누군가가 가방 지퍼를 거칠게 여닫으며 바쁜 내색을 했다. 그 소리가 마치 "아줌마, 기계 작동할 줄 모르면 먹지 마요!"로 들렸다. 결국에는 눈에 보이는 커피만 선택한 다음 물러나야 했다.

처음 보는 낯선 기계, 내 뒤로 늘어선 주문을 기다리는 사람들, 그들 중 누군가의 성마른 행동이 그 순간 나를 하염없이 작아지게 만들었다. 애플파이 하나라도 먹을 수 있었다면 짜증이 덜 났을지도 모른다. 그 눈치를 받고도 정작 먹고 싶은 걸 기계에서 찾아내지 못했다는 것이 속상했다.

'도대체 저런 기계는 왜 들여놓은 거야? 주문도 못 하게 말이야!'

그로부터 3년 가까이 흐른 지금, 영화관, 패스트푸드점, 병원, 음식점 등등 광범위한 장소에서 무인 자동화 시스템 키오스크를 쉽게 볼 수 있게 되었다. 그사이 나도 키오스크 사용에 익숙해졌다. 이제는 주문을 못 해서 못 먹는 음식은 없다. 키오스크를 상대하다가 잘 모르겠으면 뒷사람에게 도와 달라고 부탁하기도 한다.

그런데 연세가 조금 많으신 분들은 여전히 키오스크 주문을 어려워하신다. 일단 스크린의 글씨도 잘 안 보이고 카드 투입구에 신용카드를 넣기도 여의치 않기 때문이다. 한 기사에 따르면 55세 이상의 디지털 정보화 수준이 일반인 대비 63퍼센트 정도라고 한다. 열 명 중 서너 명은 디지털 기기에 대한 적응도가 떨어진다는 이야기다. 기계 작동이 불편하고 사용법을 잘 알지 못하는 디지털 래그(디지털 시대에 뒤떨어지는 현상)를 겪는 노인분들이 여전히 많다.

갈수록 디지털 기술 적용 범위는 확대될 것이다. 스마트 기기 사용법을 제대로 알지 못하면 실생활에서 오는 여러 가지 불편을 감당할 수밖에 없다. 게다가 디지털 기기를 다루지 못해서 느끼는 창피함과 무기력감도 쉽게 벗어 던지기 어렵다. 노인들이 정복해야 할 디지털 문명은 키오스크뿐만이 아니다. 계속 진화해 나가는 각종 전자기기 사용법, 스마트폰 앱을 일상생활에 적용하는 방법 등 새롭게 배우지 않으면, 스스로가 디지털 문맹자로 여겨질 수 있다.

그렇게 되지 않기 위해서라도 평생 교육과정 등을 통해서 꾸준히 실습할 수 있는 환경을 마련해야 한다. 무엇보다 스스로 지치지 않는 상태에서 배우고 익히는 지혜를 발휘하는 게 중요하다. 여러 분야의 학자들이 쓴『나이 듦 수업』에는 나이 듦을 준비하는 자세에 대한 이야기가 가득한데 특히 장회익 선생님은 나이 들수록 혼자 공부하는 기회를 찾는 게 중요하다고 말씀하신다.

'나는 어떤 세계에 있는 어떤 존재이며 그래서 나는 어떤 자세로 어떻게 살아가야 하나?'

이 질문에 대한 답을 찾기 위해서는 지혜를 쌓아야 하고 공부를 해야 한다고 저자는 주장한다. 나이 들수록 추구하고 몰두하는 세계가 있는 사람들은 외롭지 않고 남을 괴롭히지도 않는다. 나도 남도 모두가 행복하게 살기 위한 길은 다른 데에 있지 않다. 나이 먹는 만큼 깨우치고 계속 공부해 나가는 과정 안에 있다. 오늘도 나는 나와 잘 지내기 위해서 책상 위에 공부할 거리를 펼쳐 놓는다. 지치지 않을 정도로만 해볼 생각이다.

●

인도고무나무 막뿌리처럼

새벽에 일어나 따뜻한 커피 한 잔을 들고 창밖을 내다볼 때가 있다. 아직 시작되지 않은 하루의 맨 앞에 내가 서 있을 수 있다는 사실만으로도 뿌듯해진다. 늦잠 자고 무기력했던 내가, 해야 할 일 하나 제대로 하지 않던 내가 이제는 떠오르는 태양보다 더 일찍 하루를 맞이하곤 한다. 반갑고 감사한 마음이 커피의 향도, 나도 더 좋아할 수밖에 없게 만든다. 이렇게 되기까지 나에게는 시간이 필요했다. 이리저리 부유하던 내가 제대로 두 발을 딛고 서서 뿌리내리기 위해 견뎌야 한 시간은 생각보다 길었다.

장 앙리 파브르의 〈파브르 식물 이야기〉를 보면 인도고무나무에 관한 놀라운 사실이 나온다. 새로운 잎과 가지가 계속 늘어나서 줄기가 더 이상 버텨낼 수 없을 만큼 무거워진 인도고무나무는 수많은 뿌리를 만들어낸다고 한다. 신기하게도 그 뿌리는 나무 밑 땅속이 아니라 공중의 줄기에서 자라 나와 아래로 드리워진다. 인도고무나무는 '뿌리란, 땅속에서 자라며 나무를 제대로 받쳐 주어야 한다'는 고정관념을 여지없이 깨뜨려 준다. 그 후 바닥에 닿으면서부터 뿌리는 땅속 깊이 파고들며 굵어진다. 위쪽의 무거운 잎과 가지를 책임지는 튼실한 줄기 같은 지지대로 재탄생되는 것이다. 태생이 뿌리였지만 필요에 의해 줄기가 되어 나무를 지키는 막뿌리. 그 막뿌리는 힘든 나무의 생을 기꺼이 함께 떠받친다.

인도고무나무 이야기를 읽을 때 내 몸에서 막뿌리가 삐죽삐죽 삐져나오는 장면이 머릿속에 그려졌다. 막뿌리들이 나를 단단히 붙잡아주고 커다랗게 키워주는 상상만으로도 가슴이 콩닥거렸다. 순식간에 나는 사람에서 나무로, 나무에서 숲으로 변화했다. 나의 상상은 경계를 넘나들며 내 존재를 엄청난 부피로 키워주었다. 하나의 나무이기도 하며 동시에 커다란 덩치와 막뿌리가 군락을 이루어 숲이 되기도 하는 인도고무나무처럼, 나는 내 인생이 한 그루의 나무이면서 동시에 숲이기를 바란다. 느낄 수 있는 모든 감정과 겪게 될 수많은 일을 가슴에 품어 내는 나무 같기도, 숲 같기도 한 내가 되길 바란다.

고민과 슬픔이 많은 미련한 나를 싫다고 내쳐 버리지는 않을 것이다. 지나온 세월들을 불필요한 과거인 양 내 인생에서 삭제해 버리지도 않을 생각이다. 내 인생이 너무 무거워져서 버거운 날에는 '내 안의 실낱같은 무엇'이라도 살며시 꺼내려 노력할 것이다. 내 안에서 나온 작디작은 그 무엇이 '희망의 막뿌리'가 되어 내 삶을 지탱해 줄 수도 있다는 걸 이제는 알기 때문이다.

뿌리 내리기까지 걸리는 시간을 무시하지 않을 생각이다. 뿌리는 꼭 정해진 곳에서만 나온다는 편견을 깰 것이다. 오래 걸리더라도 내가 나를 아끼고 사랑하는 마음이 있는 한 내 안의 여린 뿌리들도 하나둘 자라날 것이다. 그렇게 생겨난 뿌리들은 분명 내 삶을 단단히 받쳐 줄 것이라 믿는다. 이 책을 읽는 독자들 역시 자신만의 단단한 막뿌리를 많이 키워냈으면 좋겠다. 함께하면 우리 모두 나무이면서 숲 같은 사람이 될 수 있을 거라고 생각한다.

인도고무나무 막뿌리

내가 유난히 좋아지는 어떤 날이 있다

초판 1쇄 발행 2021년 2월 26일

지은이 김리하
펴낸이 정혜윤
편집 조은아
마케팅 윤아림
디자인 쑨
펴낸곳 SISO

주소 경기도 고양시 일산서구 일산로635번길 32-19
출판등록 2015년 01월 08일 제 2015-000007호
전화 031-915-6236
팩스 031-5171-2365
이메일 siso@sisobooks.com

ISBN 979-11-89533-56-4 03800